Sur le fleuve

Hermann Schulz

Sur le fleuve

Traduit de l'allemand par Dominique Kugler

Médium
l'école des loisirs
11, rue de Sèvres, Paris 6ᵉ

Ouvrage traduit avec le concours
du Centre national du livre

© 2003, l'école des loisirs, Paris, pour l'édition en langue française
© 1998, Carlsen Verlag GmbH, Hamburg
Titre original : Auf dem Strom
Loi n° 49.956 du 16 juillet 1949 sur les publications
destinées à la jeunesse : janvier 2004
Dépôt légal : juin 2004
Imprimé en France par la Société Nouvelle Firmin-Didot
au Mesnil-sur-l'Estrée (68339)

Pour Wilhelm et ses filles

CHAPITRE 1

Les perroquets étaient blottis à l'ombre, dans les plus hautes ramures : ils n'aimaient pas le soleil. Ils attendaient la pluie pour pouvoir lisser leurs plumes. Beaucoup de branches étaient fort abîmées par leurs griffes, leurs becs et leurs fientes. Ils jacassaient et rouspétaient comme de vieux ivrognes auxquels nul ne prête attention, et regardaient d'un air morne la place de la gare de Kigoma, déserte sous le soleil ardent de midi.

Lorsque la chaleur atteignait son maximum, les marchands chargeaient leurs marchandises sur des charrettes en bois bringuebalantes pour regagner les ruelles de la ville. Il n'en restait plus que quelques-uns à l'ombre des arbres, qui attendaient le client en comptant la recette du jour ou en somnolant, tout comme les voyageurs qui attendaient leur train, allongés sur leurs bagages, ou jouant aux cartes pour tuer le temps. Personne ne savait exactement combien d'heures encore il faudrait patienter, car les trains ne respectaient jamais les horaires. Une ville d'Afrique comme une autre, dans les années 30 de notre siècle.

Le jour où commença cette histoire, le soleil brillait dans un ciel sans nuage. Dès le petit matin, les Anglais avaient chassé les marchands ambulants et bouclé la place. Ils préparaient une parade militaire, comme ils en organisaient de loin en loin, conformément à l'emploi du temps inventé à Londres. Ils voulaient montrer aux habitants de la ville que c'étaient bien eux qui gouvernaient le pays.

Les soldats arrivaient maintenant dans leur tenue des grands jours, tandis que l'on hissait cérémonieusement le drapeau de l'empire britannique. Le mât de drapeau se dressait presque au milieu de la place. Une bonne centaine de soldats se rangèrent juste devant les vieilles arcades imposantes de la gare de Kigoma, et se mirent au garde-à-vous lorsque le trompette sonna son signal solennel.

À bonne distance, derrière une barrière, les habitants de Kigoma regardaient ce spectacle avec curiosité. Il n'y avait pas un seul visage blanc parmi eux, pas un seul casque colonial comme en portaient les Européens et les Indiens. Les Noirs semblaient moins souffrir de la chaleur que les soldats au garde-à-vous, dont l'uniforme était trempé de sueur. Les Blancs avaient le visage cramoisi. Les Africains s'amusaient apparemment de cette démonstration de puissance. Mais ce qu'ils pensaient réellement ne se lisait pas sur leurs visages.

L'immense foule des curieux débordait jusque dans les rues adjacentes. Les gens étaient tassés et pourtant en mouvement, chacun essayant de voir le mieux possible l'étrange scène qui se déroulait devant la gare. Les enfants se glissaient entre les jambes des adultes pour arriver au premier rang, où ils se disputaient les meilleures places. En bas, à leur hauteur, la chaleur était encore plus étouffante, et ils risquaient de se faire bousculer et piétiner, mais ils étaient prêts à supporter tous ces désagréments pour être aux premières loges.

Tout à coup, on vit quelqu'un fendre la foule. L'homme, qui semblait aussi résolu que s'il avait eu une mission à accomplir, portait un pantalon court, tout usé, mais pas de chaussures ni de chemise. Il se fraya patiemment un chemin vers les premiers rangs, demandant aimablement mais fermement qu'on le laisse passer. Dans la cohue générale, personne ne fit particulièrement attention à lui, d'autant que la plupart des hommes ne portaient pas non plus de chemise. Il parvint ainsi jusqu'au premier rang des badauds.

Plus tard, lors de l'enquête de police, personne n'avait su dire par où il était arrivé, malgré l'insistance avec laquelle les fonctionnaires de l'administration coloniale avaient posé leurs questions.

De là où il était, l'homme voyait très bien ce qui se passait. Le trompette avait lancé son signal, et le drapeau britannique venait d'atteindre le haut du mât. Il ne bougeait presque pas, car il n'y avait pas un souffle d'air dans la chaleur de midi. Quelques vautours tournoyaient paresseusement au-dessus de la place, comme s'ils guettaient une proie.

Le soldat qui avait hissé le drapeau recula, fit un salut militaire et rejoignit les rangs de sa compagnie. Le trompette porta de nouveau l'instrument à ses lèvres pour jouer un petit air entraînant. Les militaires, impassibles attendaient la fin de la cérémonie. Ils n'avaient qu'une envie: retourner au frais, dans la caserne, et boire une bière.

La suite des événements fut si rapide qu'elle mit longtemps à parvenir à la conscience des soldats engourdis par l'ennui.

Le Noir surgit du premier rang de l'assistance, traversa la place en courant jusqu'au mât et y grimpa. Très agile de ses mains et de ses pieds, il eut tôt fait d'atteindre le haut du mât, qui oscilla dangereusement. Avant que les militaires et les badauds soient revenus de leur surprise, il arracha le drapeau à sa drisse et le glissa dans la ceinture de son pantalon. Le caporal se mit à hurler et à gesticuler furieusement. Il y eut un mouvement de foule et l'on entendit les premiers sifflements, mêlés à des cris aigus, des trilles et des éclats de rire. L'un des soldats essaya mollement d'escalader le mât, mais retomba aussitôt.

Le Noir n'avait apparemment que faire du tumulte qui régnait au sol. D'un coup de reins, il fit de nouveau osciller le mât. Le mouvement ne cessait de s'amplifier, la hampe ployait dangereusement. La foule retint son souffle. Où voulait-il en venir? À quel moment le mât allait-il se briser? On avait l'impression de l'entendre fendre l'air à mesure que le balancement augmentait. Il était souple comme un manche de fouet, mais déjà il grinçait de façon inquiétante. Subitement l'homme se lâcha et, pieds et mains tendus vers l'avant, vola sur plus de deux mètres pour atterrir bruyamment dans les branches d'un énorme figuier banian. Les perroquets s'envolèrent en criant d'effroi. On entendit encore des bruits de branches cassées, après quoi l'homme disparut complètement dans l'épais feuillage.

Suivit un long moment de silence tendu et de perplexité. Le caporal s'agitait devant ses hommes, essayant, à grand renfort de hurlements, de les forcer à se remettre en rang correctement. Il finit par renoncer et leur ordonna de retenir la foule qui approchait. Quelques soldats braquèrent leur fusil sur les gens, d'autres tirèrent en l'air, jusqu'à ce qu'un semblant d'ordre fût rétabli.

Alors le caporal se planta au pied du gros arbre, comme s'il attendait que le Noir en descende. Pourtant, dans l'arbre, rien ne bougeait. Il hurla des ordres en anglais en direction du feuillage, mais bientôt les rires de la foule couvrirent ses cris. Tout le monde applaudit.

Curieusement, cela sembla calmer le caporal. Il fit signe à un soldat.

— Faites-moi descendre ce singe. Nous allons leur montrer qui fait la loi, ici.

Le soldat se prépara à se suspendre aux lianes qui pendaient de l'arbre.

— Mais enfin, posez ce fusil, voyons! hurla le caporal en lui arrachant son arme.

Il y eut de nouveau un silence pesant; on n'entendait que le soldat jurer et des branches se casser.

Les Noirs commencèrent à parier sur l'issue de l'affaire.

— Où êtes-vous? Vous le voyez?

Le soldat ne répondit pas, mais on l'entendait haleter.

— Je suis presque arrivé en haut, mais il n'est pas là, cria-t-il enfin.

— Vous n'avez pas intérêt à descendre sans lui…

Avant que le caporal puisse ajouter un mot, le Noir glissa tranquillement le long des lianes les plus basses et se posa devant lui. Le caporal voulut aussitôt se saisir de son fusil, qu'il avait posé contre le tronc. Mais le Noir se trouva entre son arme et lui, et il ne savait plus s'il devait passer à sa droite ou à sa gauche. Le Noir paraissait lui céder le passage, ce qui perturba encore plus le militaire. Une nouvelle salve de rires et d'applaudissements s'éleva de la foule des badauds. Les soldats, eux, gardaient les rangs, comme si tout cela ne les concernait pas ; apparemment, aucun d'eux n'eut l'idée de tirer son supérieur de ce mauvais pas.

— Mettez cet homme en joue ! cria enfin le caporal. Cent fusils se levèrent ensemble en direction du caporal et du Noir. Ce dernier leva les mains en l'air, en signe de reddition.

On entendit alors, dans l'arbre, la voix du soldat.

— Je vous assure qu'il n'est pas là, caporal !

D'énormes éclats de rire lui répondirent. Les gens se tapaient joyeusement sur l'épaule et s'esclaffaient, pliés en deux.

— Mais redescendez donc, bougre d'abruti !

Le Noir fut emmené, la foule se dispersa. Pour cette petite ville, c'était un événement. Tandis que, sur les marchés et dans les maisons, on se moquait de l'armée coloniale honnie, le caporal devait recevoir de la part de son supérieur un magistral savon.

L'homme qui avait fait outrage au drapeau anglais et troublé d'aussi singulière façon le déroulement de la belle parade fut jeté dans une prison très inconfortable. Cependant, l'affront subi par les forces de l'ordre était dans toutes les bouches et se colportait de village en village.

Mystérieusement, tout ce qui se passait à Kigoma et dans les environs se savait très vite à la cour du roi. Par quel secret cheminement, on l'ignorait. Personne ne connaissait les intimes du jeune roi Usimbi, ni ses espions, ni ses indicateurs. Les modestes bâtiments en bois et en torchis qu'il habitait avec ses femmes et ses serviteurs se trouvaient aux portes de la ville. Pourtant, moins d'une demi-heure plus tard, Usimbi connaissait tous les détails de l'affaire.

Il était inquiet pour son sujet et pour la paix du royaume. Assis seul à l'ombre du grand arbre devant sa maison principale, il réfléchit longuement, tout en jouant avec une lance qu'il faisait glisser entre ses mains. Il prit une décision : il allait demander de l'aide à un ami.

CHAPITRE 2

Cet ami, qui s'appelait Friedrich Ganse et était missionnaire, se trouvait quelques jours plus tard dans le village de Bukindo et regardait la pluie tomber. Poursuivre son voyage de retour vers Bujora était hors de question : les pistes détrempées par les pluies diluviennes étaient devenues impraticables.

Il avait bien fait d'aller à Kigoma. L'administration coloniale britannique avait arrêté un Noir et fait savoir au roi qu'il allait être exécuté pour avoir commis un acte d'insurrection et insulté le drapeau de l'empire britannique.

Usimbi avait essayé d'expliquer aux officiers britanniques qu'il s'agissait d'une mauvaise plaisanterie, sans la moindre signification politique. Il avait argué qu'une condamnation sévère risquait de troubler inutilement la paix. Après tout, personne n'avait réellement subi de dommage.

Mais les Anglais avaient réagi avec humeur. Une offense faite au drapeau britannique n'était pas une peccadille. Il fallait veiller au grain. Et sur ce, ils l'avaient congédié. Ne sachant que faire, le roi avait finalement appelé le missionnaire à l'aide, car Friedrich Ganse était un homme calme et réfléchi, que les Anglais respectaient, même s'il était allemand. On savait que Ganse ne se mêlait jamais des querelles et des intrigues politiques auxquelles la plupart des Blancs du pays se livraient avec passion, par pur ennui et goût de la calomnie.

Tôt le matin, un messager du roi s'était présenté à la mission et lui avait fait remettre une mystérieuse missive. Elle était écrite au crayon, de la main même du roi, sur du papier à lettres royal. La présence de Friedrich était requise dans une affaire de vie ou de mort. Pouvait-il partir immédiatement pour Kigoma? Friedrich regardait fixement la lettre. Il connaissait l'écriture maladroite du roi et son papier à lettres, orné d'une femme distinguée, couchée sur un divan en tenue d'apparat. Et à côté, imprimé, le nom du roi: Mwami Usimbi, Kigoma.

La missive avait manifestement été rédigée en toute hâte, et son ton pressant laissait supposer que le roi considérait la chose comme très importante.

Usimbi ne l'appelait jamais sans raison valable. Aussi Friedrich s'était-il mis en route sans hésiter, mais non sans se faire du souci pour sa famille. Sa femme et sa petite fille n'allaient pas bien depuis quelque jours. Elles avaient de la fièvre, elles devaient couver une infection. Peut-être n'était-ce qu'une maladie bénigne, comme c'est souvent le cas dans les régions tropicales, mais il était tout de même inquiet.

Friedrich Ganse était petit et trapu. Ses cheveux épais et très bruns étaient toujours coupés court. Son visage rustaud et rasé de près s'éclairait souvent d'un petit sourire gêné et timide, et il y avait une certaine gaucherie dans les gestes de ses grandes mains. C'était un homme très pieux, qui exerçait son métier de missionnaire avec une certaine opiniâtreté. Les Blancs de Kigoma disaient, moqueurs, qu'après un de ses prêches l'archevêque lui-même ferait acte de contrition. La passion avec laquelle il prêchait était en complète contradiction avec sa modestie naturelle, soit parce que seule la foi le mettait dans cet état d'exaltation, soit parce que, dans sa vie quotidienne, il dissimulait sa vraie nature.

Ceux qui l'ont connu racontent aussi que c'était un homme juste et un chasseur réfléchi mais courageux. Il protégeait Bujora et les villages voisins des dangereux fauves qui dévoraient les chèvres et attaquaient parfois des adultes et des enfants.

Aussitôt arrivé à Kigoma avec sa moto, le missionnaire se rendit à la cour pour saluer le roi et sa famille. Les gardes ouvrirent le portail de l'enceinte en bambou tressé, et il traversa la cour soigneusement balayée pour aller jusqu'à l'ombre fraîche des arbres, dont les frondaisons dépassaient largement la maison principale. Au fronton de cet édifice en bois étaient clouées, en guise d'ornement, des peaux de léopards, emblèmes de la souveraineté. Friedrich avait rarement vu Usimbi dans un tel état d'inquiétude. On lisait sur son visage juvénile qu'il se faisait du souci pour l'homme emprisonné, mais il accueillit Friedrich avec un chaleureux sourire. Ils s'assirent à l'ombre, sur des tabourets sculptés. Le roi commença à parler dès que l'une de ses femmes eut apporté à son hôte une boisson fraîche. Ganse avait refusé la collation proposée.

– Les Anglais lui ont demandé ce qui lui avait pris d'arracher leur drapeau. En guise de réponse, l'homme leur a demandé le plus tranquillement du monde ce qui leur avait pris, à eux, les Anglais, de hisser leur drapeau dans son pays. Tu penses bien qu'ils n'ont pas apprécié.

Il éclata de rire en donnant une tape amicale sur le genou du missionnaire.

– Ils m'ont accusé d'avoir tout manigancé pour les provoquer. C'est absurde.

– Et qu'attends-tu de moi, au juste ? demanda Ganse.

– Tu vas leur parler. Ils ont beaucoup de respect pour toi. Je ne veux pas qu'ils exécutent cet homme. J'ai bien peur qu'il nous reste très peu de temps pour l'éviter.

– C'est un ami à toi ?

– Je ne le connais pas.

Friedrich but son verre d'un trait et se leva.

– Je reviendrai quand j'aurai pu leur parler. Je ne suis pas sûr de pouvoir t'aider. Mais je ferai tout ce qui est en mon pouvoir.

Il avait quitté la cour d'un pas pressé et s'était rendu à pied au mess des officiers situé sur une colline dominant la ville. De là, on avait une vue dégagée sur le lac Tanganika. Malgré tous ses soucis, il prit le temps de s'arrêter un instant pour regarder, en bas, les bateaux de pêche et les oiseaux qui se reflétaient dans l'eau. Sur la berge, il y avait des aigrettes dans les roseaux. Au nord s'élevaient les montagnes d'Uha, avec une brume bleutée flottant au-dessus de leurs champs fertiles. C'était beau, ici.

Une demi-douzaine d'officiers étaient assis à une table, près des fenêtres ouvertes, en train de boire de la bière. Friedrich entra. Comme toujours, il dut faire un gros effort pour surmonter sa timidité. Les militaires l'appelèrent et l'invitèrent à prendre un verre avec eux, mais il refusa gentiment, expliquant qu'il était pressé, qu'il allait peut-être rentrer aujourd'hui même à Bujora, parce qu'il s'inquiétait pour sa femme et sa fille et qu'il aimerait discuter avec eux de l'événement de la veille. Cela ne prendrait que quelques minutes, s'ils voulaient bien être assez gentils pour...

— Personne n'est pressé, ici, s'esclaffa le lieutenant au teint rubicond, nous sommes en Afrique, mon brave. Asseyez-vous.

— Je suis venu vous parler de l'homme qui vous a provoqués et que vous avez mis en prison, poursuivit-il. L'affaire du drapeau...

Les hommes plongèrent le nez dans leur verre sans mot dire, quelque peu embarrassés. Friedrich savait que les Anglais ne voulaient pas d'ennuis avec les Noirs, surtout à propos d'une chose dont on parlerait partout, peut-être même au-delà des frontières du pays.

— On pourrait considérer qu'il s'agit d'une farce, d'un acte stupide et irréfléchi, reprit-il. Vous pourriez lui donner un avertissement et le relâcher, cela ferait bonne impression, car cet homme a une famille à nourrir.

La famille, Friedrich venait de l'inventer, car, à la cour du roi, on ne savait rien de cet individu.

— Ils sont tous pareils, ils font trop d'enfants, pires que des lapins, railla un des officiers.

Les autres approuvèrent avec de gros rires et rede-mandèrent de la bière. Comme s'ils voulaient clore ainsi le débat. Mais Friedrich n'en démordit pas. Il finit par s'asseoir avec eux et continua à parler, non sans peine, car la plupart de ses interlocuteurs prêtaient maintenant davantage attention à leur bière qu'à ses propos. Mais il était décidé à insister, il se l'était pro-mis et l'avait promis au roi. Devait-il boire une bière avec eux pour faire preuve d'esprit de conciliation?

Tandis qu'il continuait à parler, pesant ses mots, tout en réfléchissant à la tactique à adopter, le lieute-nant l'interrompit et le fixa de ses yeux injectés de sang.

– N'en parlons plus, curé. Je vais étudier la ques-tion. Vous savez que nous ne voulons pas d'ennuis. Mais dites à votre prince noir de veiller à ce que ses sujets ne fassent plus ce genre d'âneries. Nous pour-rions changer de ton, je vous le garantis! Et il s'en mordrait les doigts. (Il rit.) Peut-être..., dit-il en secouant pensivement sa grosse tête rougeaude aux cheveux roux clairsemés, peut-être allons-nous fermer les yeux encore une fois et relâcher ce type. Oui, nous étudierons la question. C'est promis!

Ganse n'était pas tranquille pour autant. Ce n'était pas une promesse de libérer le Noir. Il avait plutôt l'impression qu'on voulait se débarrasser de lui comme d'un quémandeur embêtant. S'y était-il mal pris?

– Comment aurai-je connaissance de votre déci-sion, monsieur?

– Oh, votre ami intime, le Noir, vous enverra sûre-ment à Bujora un de ses singes qui courent si vite. (Des rires firent vibrer les verres de bière.) On ne pourrait pas se rendre chez vous plus vite, même en bateau à moteur. Dites-lui que nous prendrons notre décision demain.

Friedrich redescendit la colline abattu et mécontent. Des nuages noirs s'étaient amoncelés au-dessus du lac, mais la chaleur était toujours aussi intense. Il avait espéré qu'on ferait libérer l'homme sur-le-champ et qu'il pourrait repartir avec lui. Mais ils avaient carrément refusé. Il ne pouvait obtenir mieux pour l'instant. Devait-il rester encore un jour pour faire une deuxième approche, dès le lendemain? Non, ce serait perdre une journée, ce qu'il ne voulait pas.

Une fois chez le roi, il s'assit à une table et écrivit à l'officier:

Kigoma, le 12 août 1935.

Cher M. McEwan,

Au sujet du Noir que vous avez emprisonné pour avoir insulté le drapeau de l'empire britannique, je vous prie une fois encore de le libérer sans trop tarder. L'administration britannique, qui a toujours été considérée comme très juste, impressionnerait favorablement ses sujets, et notamment le roi, qui a la réputation d'un monarque pondéré. Pensez aussi à l'avenir de la famille, privée de celui qui la nourrit. Je suis bien conscient que cela vous oblige à le gracier, mais suis prêt à me porter garant de la conduite de cet homme.

N'oubliez pas que nous vivons tous par la grâce de Celui qui a racheté nos péchés. Que Dieu soit avec vous!

Bien à vous.

Friedrich Ganse, missionnaire.

La lettre fut portée au mess par un messager du roi. Usimbi proposa à Friedrich de rester encore quelques jours, peut-être pourraient-ils aller chasser ensemble, mais celui-ci déclina l'invitation:

— Je te remercie, Mwami, mais je suis inquiet pour ma famille. Quand j'ai quitté Bujora, ma femme et ma petite Gertrud n'allaient pas bien du tout. Ce n'est peut-être rien de grave. Mais je ne veux pas rester plus longtemps que nécessaire.

— Veux-tu emmener avec toi un de mes guérisseurs? demanda le roi avec un sourire légèrement ironique.

Mais Friedrich secoua la tête. Usimbi savait bien ce que le missionnaire pensait des sorciers et des guérisseurs et il respectait sa décision.

Sa moto l'attendait à l'ombre, devant l'entrée du palais, surveillée par les hommes du roi qui montaient la garde devant le portail. Usimbi l'accompagna. Pour prendre congé, ils se frappèrent plusieurs fois dans les mains et échangèrent en riant les formules de politesse consacrées.

Le roi le retint encore un instant.

— Pas mal, l'histoire du drapeau, non?

Tous deux rirent à gorge déployée.

Après quoi, Friedrich fit démarrer sa moto et partit.

Dans la ville, l'air était devenu oppressant. Sur sa moto, Friedrich Ganse fut soulagé, arrivé dans la savane, de sentir enfin du vent. Il aimait ce paysage plat, avec ses termitières, ses maigres buissons, ses acacias qui donnaient un peu d'ombre et servaient de perchoirs aux vautours et aux oiseaux de proie. Tant qu'il roulait, les serpents qu'il redoutait tant ne pouvaient rien lui faire.

Les oiseaux, comme les antilopes qui broutaient au loin, ne semblaient pas effrayés par le bruit du moteur ; ils regardaient, impassibles, cette étrange apparition.

Le missionnaire conduisait vite et avec assurance. Il devait se concentrer sur la route, qui n'était guère plus qu'un chemin de terre. Il roulait plus vite que d'habitude, car les nuages qui s'amoncelaient dans le ciel l'inquiétaient. Il n'allait pas tarder à pleuvoir.

L'espoir qu'il avait d'atteindre son village avant que les nuages n'éclatent s'évanouit. Tout à coup, le ciel sembla se fendre et la pluie se déversa en trombes. Au bout de quelques mètres, l'homme, sur sa moto, était complètement trempé. Il continua à rouler non sans mal sur le chemin glissant, ce qui lui demanda toute son attention. La savane desséchée semblait respirer de nouveau avec l'arrivée de la pluie. Dans quelques jours, là où tout était jaune et grillé, l'herbe reverdirait et les buissons hirsutes et poussiéreux se couvriraient de feuilles toutes neuves. Les paysans pourraient se remettre à cultiver leurs champs.

Conduire dans l'herbe glissante et la boue devenait un supplice. Il était obligé de poser les deux pieds par terre et de les laisser glisser pour empêcher les roues de déraper. De plus en plus souvent, le chemin disparaissait sous des nappes d'eau. Arrivé à Bukindo, il comprit qu'il était impossible de poursuivre le voyage.

La pluie le bloqua pendant deux jours et trois nuits. Il avait pensé mettre ce temps à profit pour donner des cours d'alphabétisation aux habitants de Bukindo ou prêcher l'Évangile, mais, d'un simple geste intransigeant de la main, le chef du village lui avait fait comprendre que ce n'était pas le moment de parler des dieux.

Ganse n'avait pas protesté. Quelque chose lui disait que cela n'avait aucun sens de vouloir persuader ce vieillard de changer d'avis. Mais, au fond, peut-être la contrariété provoquée par ce contretemps et son inquiétude pour sa famille étaient-elles plus fortes que son sens du devoir de missionnaire. Il se retira donc dans sa case, mécontent de lui-même. Avec cette pluie, les autres maisons et les cases lui apparaissaient comme à travers un rideau transparent. Des torrents d'eau ruisselaient sur les toits de palmes. Pour les enfants qui jouaient au-dessous, c'était une fête. Ils riaient et se bagarraient, et les adultes s'amusaient de les regarder. Friedrich, lui, était de plus en plus sombre, les heures passaient si lentement que c'était un supplice. Il regrettait de ne pas avoir emporté de livre. Et il n'était pas question de partir sans sa moto : la route était longue et trop dangereuse pour un homme sans fusil.

Alors il ressassait sans fin l'incident de Kigoma. Il était du côté du Noir, c'était clair. Mais pourquoi ? Parce que Usimbi était son ami ? Parce qu'il était allemand et que le geste de ce Noir courageux était dirigé contre les Anglais ? Ce n'était pas suffisant. Certes, les Noirs ne portaient pas non plus les Allemands dans leur cœur, car ils avaient longtemps gouverné le pays. Mais l'injustice passée s'oublie plus facilement, ou on évoque cette époque avec une bonne dose d'humour noir. Comme Usimbi, qui lui avait montré un jour un bâtiment en ruine en disant :

– C'était un officier allemand, qui habitait ici, un dénommé Dreimüller. Il était paralysé par la peur. Il avait tué quatre-vingt-dix-neuf Noirs et, au centième, il devait passer en jugement. Le pauvre, il n'osait même plus sortir sur le pas de sa porte...

Usimbi avait éclaté de rire. Friedrich connaissait bien cette faculté qu'ont les Africains de rire de leur propre passé, si douloureux soit-il. Il était honteux, il s'était senti en quelque sorte responsable de l'attitude indigne de ce représentant du gouvernement colonial allemand.

Il ne cessait de lever les yeux vers le ciel dans l'espoir d'y voir une promesse d'amélioration, mais en vain. La pluie drue et monotone n'était interrompue que par des coups de tonnerre qui amenaient des averses encore plus violentes, dont on ne voyait pas la fin.

Les habitants de Bukindo se montraient réservés envers l'homme à la moto, mais aimables. S'ils ne l'invitaient pas à entrer dans leur hutte pour discuter, ils lui apportaient régulièrement à manger, de la viande, du manioc, du lait chaud et des fruits. Quand il ne dormait pas, il passait des heures assis sur le seuil de sa petite maison au toit de palmes à regarder les enfants jouer dans les branches des grands arbres. Leur gaieté ne parvenait pas à le rasséréner ni même à lui rendre sa bonne humeur.

Avant de partir de chez lui, il avait recommandé à sa femme de se reposer, de boire de la tisane et d'éviter tout effort. Elle devait bien penser à fermer la maison à clef, au cas où il ne serait pas encore rentré le soir. Il ne serait pas longtemps parti, c'était du moins ce qu'il avait dit à Eva pour la rassurer, autant que pour s'en convaincre lui-même. En six ans, il n'y avait eu chez eux que deux tentatives de cambriolage en pleine nuit. Ganse avait réussi à faire fuir les voleurs en tirant en l'air. Mais il avait toujours peur que cela ne se reproduise en son absence.

Eva l'avait regardé partir, debout sur le pas de la porte, dans la fraîcheur matinale. Inquiet de la voir si pâle et les yeux cernés, il avait embrassé encore une fois son visage brûlant de fièvre avant d'enfourcher sa moto et de filer dans la savane vers Kigoma, la capitale de la province.

Il repensait à ses premiers jours dans le village de Bujora. Cela remontait presque à six ans. Les Noirs s'étaient attroupés et l'avaient regardé avec étonnement lorsqu'il avait accosté avec son bateau. Après avoir amarré celui-ci, il avait aidé sa femme à débarquer. Elle avait dans les bras un petit enfant. Il l'avait installée dans l'herbe, à l'ombre d'un arbre, puis il était allé trouver le doyen du village pour lui remettre une missive d'Usimbi qu'il avait dû lui lire à haute voix.

Cet homme, qui se nomme Friedrich Ganse, a reçu mon autorisation de s'installer sur la petite colline proche du fleuve. Il est placé sous ma protection et on veillera à l'aider du mieux que l'on peut. Je l'autorise à exercer son métier comme il l'entend.

Mwami Usimbi.

Le doyen, perplexe, avait regardé la lettre un long moment, puis, après avoir échangé quelques mots avec les hommes qui l'entouraient, il avait fait un signe de tête.

Ganse avait monté une tente et s'était mis le jour même à construire sa maison. Sous le regard étonné des Noirs, il traînait des troncs d'arbres qu'il avait lui-même abattus, creusait dans la glaise des trous profonds pour y planter des piliers d'angle. Ils voyaient que cet homme était fort et savait travailler. À aucun moment il n'avait sollicité leur aide. Lorsque, enfin, l'un après l'autre, ils étaient venus l'aider, il les avait encouragés d'un sourire. Plus tard, sans qu'on lui demande rien, il leur avait donné de l'argent pour leur peine.

Il comprenait bien leur langue, le kiha. Cet homme, ils l'avaient tout de suite senti, était venu à Bujora avec des intentions pacifiques.

Il contemplait la pluie. Usimbi était le seul ami qu'il s'était fait en Afrique durant ces sept ans, même si, bien sûr, beaucoup de gens l'avaient aidé au début, dans les moments difficiles. Pour ces derniers, il éprouvait de la reconnaissance. L'amitié, c'était autre chose. Pour les Noirs du village, il était un voisin serviable et de bon conseil en cas d'urgence ou de conflit. Quant à lui, il se trouvait bien dans ce village. Mais, malgré ses nombreux prêches, ses visites dans les cases et les soins qu'il apportait aux malades, presque personne ne s'était fait baptiser et il en éprouvait une grande tristesse. Peut-être était-il tout simplement un mauvais missionnaire ?

Il n'avait jamais compris pourquoi Usimbi l'avait choisi pour ami, lui, pauvre et modeste missionnaire. Il y avait pourtant des Blancs puissants et des gradés qui cherchaient à se rapprocher de ce jeune et fier souverain. Mais Usimbi n'aimait chasser qu'avec Friedrich. Pendant les longs mois où celui-ci avait attendu à Kigoma que la Mission allemande décide de l'endroit où il devait fonder une maison d'évangélisation, le roi l'avait invité à séjourner à la cour avec sa femme et lui demandait souvent conseil. Friedrich avait finalement été envoyé à Bujora, un village situé au bord du fleuve, à une demi-journée de moto de Kigoma. Usimbi avait vainement essayé de le convaincre de rester à Kigoma, lui disant qu'il pourrait l'aider et que là aussi on avait besoin d'un bon instituteur. Ganse n'avait pas non plus envie de partir, mais il avait obéi aux ordres.

À l'aube du troisième jour, le ciel se dégagea enfin. On n'y voyait plus que des enfilades de nuages transparents et des vols de hérons. Ganse attacha son baluchon sur sa moto et se rendit chez le doyen du village.

Ce dernier était assis sur une natte, au milieu d'une assemblée d'hommes. Ils discutaient avec animation tout en buvant une boisson inconnue de Friedrich.

– Je m'en vais, annonça Ganse, debout sur le pas de la porte. Je voulais vous remercier pour votre hos-

pitalité. Sans vous, j'aurais eu du mal à tenir le coup.
Dieu vous bénisse!

Le vieux sourit:

— On ne sait jamais par quelles voies du ciel le bonheur et le malheur viennent aux hommes. Chacun a un
chemin à suivre et un seul. Je te souhaite bonne chance.
Sois prudent, la terre est encore détrempée, mais le
soleil la raffermira bientôt, et tu pourras aller régler tes
affaires avec ta famille. Fais attention aux serpents.

Ce n'est qu'en allant chercher sa moto que Friedrich se demanda s'il avait parlé de sa famille, ici, à
Bukindo. Il était certain de ne pas en avoir dit un mot
à quiconque. Mais en Afrique, quand on prend congé
de quelqu'un, on lui parle toujours de sa famille,
pensa-t-il. Et il oublia les paroles du vieux.

Des hommes, des femmes, des enfants le regardèrent faire démarrer sa moto, en restant toutefois à
bonne distance. Après quelques essais infructueux, le
moteur pétarada. Il mit les gaz, sauta sur la selle et se
retourna pour crier une fois encore:

— Dieu vous garde!

S'ensuivit une discussion animée et confuse entre
les Africains, mais il n'en comprit pas un mot à cause
du bruit du moteur. Les adultes lui firent signe de la
main, les enfants coururent après lui en criant, jusqu'à
ce qu'ils soient à bout de forces et qu'un buisson leur
cache la vue.

Il était encore très difficile de conduire. Deux fois,
il tomba dans la gadoue et dans l'herbe. Son pantalon,
sa veste et la moitié de son visage en furent tout maculés. Au bout de deux heures, il parvint dans une

région où visiblement il n'avait pas plu. Le sol était ferme. Soulagé et heureux, il se mit à chanter si fort qu'il couvrit le vrombissement du moteur. Une cigogne noire suivit quelque temps la moto, comme si elle cherchait un compagnon de voyage. Le cœur plus léger, Friedrich oublia un moment son inquiétude pour sa famille et pour l'homme emprisonné à Kigoma.

Il ne soupçonnait encore rien lorsqu'il aperçut, au loin, sur la colline surplombant le village, le toit de sa maison. Sa femme Eva l'attendrait à la barrière avec leur fille Gertrud, comme elles le faisaient toujours quand elles entendaient de loin le vrombissement du moteur.

CHAPITRE 3

Il était encore tôt dans l'après-midi. Le toit en tôle de sa maison brillait au soleil, le grand platane étendait son ombre dans la cour.

Eva et Gertrud ne semblaient pas l'avoir entendu. Il fut tenté de donner un coup de klaxon, mais s'en dispensa pour ne pas affoler les gens du village. Il bifurqua lentement sur la place, où les gens, silencieux et graves, le regardèrent passer. Il les salua avec de grands gestes, mais eux qui lui répondaient d'habitude avec exubérance se contentèrent cette fois d'un signe discret de la main. Il n'y prêta pas attention : il ne pensait qu'à une chose, rentrer chez lui, retrouver sa femme et sa fille. Il s'engagea donc dans la dernière pente et entra dans la cour.

Il coupa le moteur de sa moto, qu'il posa contre le mur, et avança jusqu'à la porte de la maison. Elle était ouverte. Tandis qu'il ôtait ses bottes toutes crottées, il n'entendit aucune voix. C'est alors que, pour la première fois, il eut un pressentiment de malheur et sentit sur son crâne un frisson qui faillit le paralyser. Puis il fut en alerte.

Il jeta un coup d'œil dans la cuisine : personne. La tasse dans laquelle il avait bu juste avant son départ était encore sur la table. En quelques pas, il traversa la pièce et ouvrit la porte de la chambre à coucher. Eva était allongée sur le lit, une couverture jusqu'au menton. Son visage, blanc et comme absent, était tourné vers le mur. Elle ne bougeait pas. L'homme tomba à genoux et lui prit la main. Elle était froide, moite et couleur de cire. Il laissa échapper un cri atroce qui semblait ne jamais devoir finir et qui se mua en un faible gémissement. Il posa sa tête sur l'épaule de sa femme, empoigna ses cheveux, balbutia son nom. Ses gémissements firent place à des sanglots.

Du plus profond de lui, très lentement, une pensée fit son chemin jusqu'à son esprit. Ganse se précipita dans la pièce voisine, où se trouvait le lit de Gertrud. Couchée sur le côté, elle respirait difficilement. La fenêtre était ouverte, et, sous ses couvertures, Gertrud semblait grelotter de froid. Sur la table de nuit, il y avait un bol qu'il n'avait jamais vu, comme ceux qu'utilisent les Africains. Il était vide, mis à part un reste de liquide blanc qui collait au fond.

Il posa sa main sur le front de sa fille. Sa peau était sèche et brûlante, son cou et ses paupières légèrement enflés. Il se pencha au-dessus d'elle, approcha son visage du sien.

– Gertrud. Gertrud. Tu m'entends ? demanda-t-il doucement.

L'enfant ouvrit les yeux et dit d'une voix faible :

– Ah, tu es revenu !

Elle ne put en dire davantage, elle était très affaiblie. Son père caressa son visage brûlant.

Désemparé, il murmura :

– Oh mon Dieu, qu'est-ce que je dois faire ?

Il prononça en gémissant des paroles incohérentes, caressa encore la chevelure blonde et trempée de sueur de la fillette et marmonna dans sa barbe :

– Nom de Dieu !

Ce fut comme si ce juron le ramenait à la raison. Il laissa l'enfant, alla dans la cuisine et, en désespoir de cause, se mit à fouiller dans la vieille mallette en cuir où il rangeait des médicaments. De quel mal sa fille souffrait-elle ? Que pouvait-il lui donner pour la sauver ? Il s'arrêta, essaya de rassembler ses idées, mais il continuait à sangloter sans bruit, désespéré.

Accroupi derrière la table de la cuisine, près de sa grande mallette en cuir, il avait beau lutter contre sa torpeur, il ne savait même pas quoi chercher. Il avait du mal à ravaler ses larmes. Soudain, avant même que l'idée du danger ne se fît jour dans son cerveau, son dos se tendit. La sensation d'appréhension dura plusieurs secondes, avant qu'il ne comprît d'où elle venait.

Il n'était pas seul dans la pièce.

De nouveau, un grand frisson parcourut la surface de son crâne, la peur enserra son cœur comme une main froide et il se raidit sous l'effet d'une énorme tension. Ma carabine, il me faut ma carabine, pensa-t-il avant de se relever lentement et prudemment.

Sur le pas de la porte, immobile, se tenait un grand Noir. Comme il était à contre-jour, Ganse ne le reconnut pas tout de suite. Il était vêtu de peau de léopard et chaussé de simples sandales. C'était le sorcier-guérisseur de Bujora.

– Qu'est-ce que tu veux ? dit Ganse d'un ton rude.

L'homme réagit à peine. Il se contenta de faire un signe d'apaisement et ne répondit qu'après un long silence.

– La femme est partie, murmura-t-il d'une voix tranquille et profonde. L'enfant est venue me demander de l'aide. Mais, pour la femme, il était trop tard.

La douleur et la colère déformaient la voix de Friedrich lorsqu'il lança :

– Que lui avez-vous fait ? De quel droit êtes-vous venu chez moi faire vos satanées combines de sorcier ?

Le Noir garda son calme, laissa les reproches glisser sur lui, comme s'il n'avait pas compris le sens de ces paroles.

– Elle était déjà morte quand je suis arrivé. Alors j'ai vu que l'enfant allait très mal. Nous lui avons donné quelque chose pour empêcher la fièvre de monter. Mais nous ne pouvons plus rien pour elle, ici. Je te conseille de l'emmener à la ville, sinon elle mourra.

Il attendit, comme pour s'assurer que Friedrich avait bien compris, puis ajouta :

– Je te conseille de prendre la pirogue et de descendre le fleuve. En cinq jours, tu peux arriver à la ville. L'air du fleuve fera du bien à ta fille, ne t'inquiète pas. Mais il faudrait que tu partes tout de suite.

– Eva est morte ! dit Ganse.

Son visage était blême. Son envie irrépressible de crier après le sorcier, de l'accuser de la mort d'Eva, avait cédé la place à une autre pensée, une pensée unique, pressante, obsédante : tu dois sauver l'enfant !

Le guérisseur était encore debout sur le pas de la porte. Pour Friedrich, il avait toujours été le sorcier, l'ennemi ; l'homme qui exerçait ses pouvoirs magiques sur l'âme et le cerveau des gens et les plongeait dans l'angoisse, celui qui prétendait guérir des maladies avec des plantes et du sang animal, qui jetait des cailloux et des os par terre pour y lire l'avenir, qui faisait des tours de passe-passe pour asseoir son influence et son pouvoir. Ces sorciers si puissants étaient les ennemis des missionnaires. Tout comme les missionnaires étaient les ennemis des sorciers.

Ganse avait bien entendu que l'homme s'était adressé à lui sans animosité aucune. Même autrefois, lorsque Friedrich allait de maison en maison prêcher la parole de l'Évangile, jamais le sorcier ne l'avait empêché d'essayer de soigner les malades, de panser les plaies, de régler les conflits ou de convaincre les pères de famille d'envoyer leurs enfants à l'école. Leurs chemins s'étaient rarement croisés, mais quelque chose les avait toujours séparés.

Devait-il suivre le conseil de cet homme ? Tout d'abord, sous le coup de la colère, il avait pensé refuser. Mais que faire d'autre ? Quelle était la bonne solution ? Pourrait-il sauver Gertrud en restant sur place, survivrait-elle à un voyage de cinq jours sur le fleuve ? L'hôpital de la ville était un hôpital européen : ce seul mot évoquait le moyen le plus sûr de la sauver.

Il avait l'impression d'être lui-même un enfant à qui il faut dire ce qu'il doit faire. Frappé d'une incapacité qui lui était inconnue. Il avait toujours été sûr de lui dans tout ce qu'il faisait, dans la vie quotidienne comme dans son travail. Subitement, c'était tout l'inverse. Il n'avait pourtant pas le choix : il devait prendre une décision.

Le conseil du Noir paraissait sensé. Il se tenait toujours sur le seuil, comme s'il attendait une réponse.

– Je vais emmener l'enfant à la ville, dit Ganse en avançant vers le Noir. Je partirai aussitôt que j'aurai enterré ma femme. Demande à quelques villageois de venir m'aider à creuser une tombe.

Le Noir leva les deux mains.

– Il faut que tu partes tout de suite, Bwana, tu n'as pas de temps à perdre. Nous enterrerons la femme. Dis-moi comment nous devons nous y prendre. Nous ferons ce que tu nous dis, Bwana, mais maintenant monte dans la barque que je t'ai préparée, allonge ton enfant sur les herbes qui sont dedans, ce sont des plantes contre la fièvre. Couvre-la bien et descends le fleuve.

Friedrich voulut encore rabrouer le guérisseur, mais celui-ci ne lui en laissa pas le temps.

– Dans ce baluchon, dit-il en montrant un sac en peau de bête, posé devant la porte, nous t'avons mis de quoi manger, il n'y en a pas beaucoup. Sur le fleuve, méfie-toi des crocodiles et des hippopotames, évite-les. Il ne faut jamais naviguer la nuit. Arrête-toi dans des villages, il y en a tout au long du fleuve. Les gens t'aideront. Et surtout n'oublie pas : il ne faut pas rester la nuit sur l'eau. Sinon, tu n'arriveras jamais à la ville. Là-bas, va à l'hôpital européen... si l'enfant en a encore besoin.

Que voulait-il dire par là ? Sur le moment, Friedrich Ganse ne s'attarda pas sur cette question ; il était trop occupé par les décisions qu'il devait prendre. Il se concentra sur les recommandations que le Noir lui avait faites, se sentant incapable de réfléchir par lui-même. Il fourra simplement dans une valise en osier quelques vêtements pour sa fille.

Sans que Friedrich le remarque, le Noir était entré dans la chambre de l'enfant. Il se tenait sur le seuil, Gertrud dans les bras. Friedrich entendait leurs voix de loin, comme dans un rêve : le Noir qui prononçait le nom de Gertrud et la fillette qui lui répondait tout bas. Mais il ne comprenait pas ce qu'ils disaient.

CHAPITRE 4

La pirogue faisait trois mètres de long. Elle était taillée dans un tronc d'arbre dont le bois avait été noirci par le temps, la pluie et la chaleur. À l'arrière, on avait découpé une profonde encoche pour le gouvernail, qui tenait avec des cordes. Deux bancs faits de planches épaisses étaient coincés entre les deux bords. C'était un bateau lourd mais sûr, qui ne devait pas se retourner facilement. Ganse savait qu'il ne serait pas aisé de le manœuvrer tout seul, surtout quand il faudrait éviter des troncs d'arbres ou des hippopotames, mais il n'avait pas le choix. Sous un petit dais en feuilles de palmier, dressé à l'avant de la pirogue pour faire de l'ombre, il y avait en effet un matelas d'herbes. Friedrich déplia un drap dessus. Puis, debout dans la pirogue, il prit la petite fille des bras du Noir et la coucha sur cette paillasse. Le bois noir de la pirogue et le dais de palmes lui firent penser à un cercueil d'enfant. Effrayé, il chassa l'image de son esprit. Le guérisseur, ou en tout cas celui qui avait préparé la pirogue, avait, à juste titre, pensé au soleil.

Gertrud semblait avoir perdu connaissance. Ses yeux étaient clos, ses mains inertes reposaient sur sa poitrine, qui se soulevait imperceptiblement à chaque respiration. Le guérisseur jeta le sac en peau dans le bateau et tendit à Friedrich le fusil, la mallette de médicaments et une grande machette ; puis il défit l'amarre des racines de la mangrove.

Debout sur la rive bourbeuse, il avait l'amarre enroulée autour de la main, le bas de son manteau en peau de léopard trempait dans l'eau.

— Construisez une caisse en bois dur assez grande pour qu'elle y repose à l'aise, dit Ganse. Prenez du bon bois. Sur le couvercle, vous fixerez une croix, comme vous pourrez. Ensuite, fermez le cercueil et mettez-le en terre, à cinq pieds de profondeur. Enterrez-la derrière la maison. Et puis vous ferez une petite butte en terre, là où elle repose, et vous y planterez des fleurs.

Il pensait aussi leur demander d'ériger une croix, mais, après tout, il reviendrait...

Le Noir, qui avait écouté attentivement, acquiesça d'un signe de tête et le pressa de partir. Lorsque Friedrich fut assis à l'arrière de la pirogue, les rames en main, le Noir poussa l'embarcation, qui s'éloigna de la berge et partit au fil de l'eau. Friedrich chercha quelque chose à lui dire, mais il ne put que lui adresser un regard reconnaissant. Il n'aurait jamais pensé avoir un jour un tel échange avec un habitant de Bujora.

Une fois au milieu du fleuve, il lui fit signe de la main. Sans doute à cause du courant et du bateau qui tanguait mais prenait de la vitesse, il se sentit tout à coup abandonné. La silhouette sur la berge était dans l'ombre, si bien qu'il ne vit pas si elle répondait à son salut. Elle était toujours à la même place lorsqu'il se retourna une dernière fois ; il ne vit que la peau de léopard.

— Je reviendrai, cria-t-il, mais l'eau qui gargouillait à l'avant de la pirogue engloutit ses paroles. Puis le ponton de la Mission, dans la verdure sombre de la rive, disparut à ses yeux.

Après la tension de cette dernière demi-heure, laquelle lui avait paru interminable, il était affaibli, fatigué, mais content que la pirogue file toute seule dans le courant, sans qu'il ait besoin de ramer. Il s'aperçut qu'il avait toujours ses vêtements maculés de boue. Il puisa de l'eau avec sa main pour se laver le visage et les mains. Combien de temps s'était-il écoulé depuis son retour ? Une demi-heure ? Une heure ? Il lui semblait pourtant que cela faisait une éternité. Il regarda le ciel. Un banc de nuages noirs se levait au nord-ouest, annonçant déjà la tombée de la nuit. Il aurait mieux fait de rester encore une nuit à Bujora, car il n'avait plus que deux ou trois heures devant lui avant que l'obscurité ne vienne, soudaine et impénétrable.

Tenant le gouvernail d'une main, il regardait tantôt le fleuve, tantôt sa fille. Celle-ci ne bougeait pas, pourtant la tête blonde semblait davantage tournée sur le côté qu'au départ. Elle avait la bouche légèrement entrouverte, mais ne souriait pas.

CHAPITRE 5

Le fleuve, à cet endroit, avait une couleur brunâtre. À cause de la terre, arrachée aux montagnes, qu'il charriait jusqu'à la mer. Il était large et sinuait peu, si bien que Friedrich pouvait se laisser aller à ses pensées. Il voyait comme à travers un voile l'épaisse végétation recouvrant les berges. Et il remarquait à peine les oiseaux qui, perchés sur les branches mortes, se chamaillaient bruyamment ou plongeaient pour pêcher.

Il lui fallut bien une heure avant de se sentir un peu plus en sécurité dans ce bateau, avant d'avoir le sentiment de bien maîtriser le gouvernail et de savoir quand il devait ramer et quand il valait mieux laisser l'embarcation filer toute seule. Pendant cette heure, toutes ses autres pensées s'étaient effacées, c'était comme si Eva n'était pas morte et qu'il ne s'était rien passé à Kigoma. Il se concentrait entièrement sur cette tâche inhabituelle, se disant qu'ainsi il saurait maîtriser la pirogue lorsqu'il deviendrait plus difficile de naviguer. Il ne connaissait pas le fleuve. Il avait souvent observé la facilité avec laquelle les pêcheurs noirs manœuvraient leurs bateaux, presque comme si c'était un jeu. Il devait acquérir un peu de cette assurance, se disait-il, mais il disposait pour cela de très peu de temps. Heureusement qu'à cet endroit le fleuve était large et calme: cela lui facilitait la tâche. Assis sur le banc de nage, l'homme avait calé ses pieds au fond de la coque et ramait tranquillement en tirant avec force à chaque coup. Il avait trouvé dans la pirogue un chapeau pour protéger son visage du soleil. Pour ne pas tomber sur des hauts fonds, il naviguait à bonne distance de la berge. Souvent, les branches des arbres se courbaient très loin au-dessus de l'eau. On ne voyait absolument pas le fond.

Des scènes de son enfance lui revenaient inopinément en mémoire. Il revoyait son père dans la cour de la ferme où il avait grandi. Il sentait même l'odeur de foin, de tabac et de poussière qui émanait de cet homme taciturne.

Un oiseau qui resta un instant posé sur le bord du bateau réveilla en lui un très vieux souvenir. Il était avec d'autres garçons dans un pré, assez loin du village. Ils s'amusaient à viser à coups de pierres un pigeon perché dans un arbre. Lui, Friedrich, avait réussi à le toucher à la tête. En voyant ce petit animal gisant dans l'herbe, la tête en sang, il eut le sentiment d'avoir fait quelque chose de mal. Les yeux rose pâle de l'oiseau palpitèrent encore un peu, et Friedrich comprit qu'il allait mourir. Ses camarades l'admirèrent pour la précision de son geste, qui en réalité était tout à fait fortuite. Il n'éprouvait aucune fierté, ne se sentait pas héroïque. Ce fut seulement lorsqu'un de ses copains lui demanda s'il pouvait emporter le pigeon pour le donner à son père (on disait que la soupe de pigeon était bonne pour son asthme), qu'il eut la vague impression que son acte se justifiait.

Sans s'en rendre compte ni s'interrompre son effort, il avait parlé tout haut. Il n'avait pas faim, mais il prit tout de même quelque chose dans la calebasse, jeta un coup d'œil à l'enfant qui dormait et continua à ramer, des heures durant.

Le soleil commençait à descendre sur l'horizon et, comme chaque soir, un banc de brume se formait au-dessus du fleuve. Ganse sursauta et se mit à scruter la berge. Il filait maintenant à l'ombre des arbres courbés au-dessus de l'eau, laissant la pirogue aller au gré du courant, les yeux rivés sur les fourrés. Il faisait presque nuit lorsqu'il aperçut enfin une clairière. Pas de doute, des hommes vivaient ici. Un bateau était posé sur la rive, des filets de pêche pendaient aux branches des buissons et des déchets de poissons laissaient supposer que quelqu'un était venu là le jour même.

Il bifurqua vers la rive boueuse, descendit dans l'eau, hissa son bateau sur la berge et l'amarra à un tronc d'arbre.

Gertrud n'avait pas dit un mot de tout le voyage. Elle ne semblait pas avoir repris connaissance. Frie-drich fourra la mallette de médicaments dans un buis-son, lança sur son épaule le baluchon du guérisseur et arma son fusil, puis il retourna au bateau, prit délica-tement sa fille sur son bras gauche et débarqua. La carabine dans la main droite, il se mit en route. Il sui-vit un sentier dans la forêt. Il faisait encore plus sombre ici qu'au bord du fleuve, et il avait du mal à marcher sans trébucher sur les racines qui dépassaient du sol. Après ces heures d'immobilité, marcher lui faisait du bien. Il sentait son corps se libérer des tensions.

Sur la place du village brûlait un petit feu. Les huttes, faites de rondins de bois, de boue et de paille, se dissimulaient sous des arbres majestueux. C'était un petit village d'une vingtaine d'habitations. Friedrich s'arrêta au bord de la clairière, mais il fut bientôt entouré d'enfants, d'hommes et de femmes, tous ceux qui étaient près du feu lorsque l'étranger était arrivé. Ils lui parlèrent, mais il ne comprit pas un mot. Il essaya de s'adresser à eux en kiha et en swahili, puis en anglais. Vainement. En désespoir de cause, il dit quelques mots en allemand, posa son arme contre un tronc d'arbre et montra la fillette inerte dans ses bras.

La cacophonie de paroles et de cris se calma lorsqu'une femme fendit l'attroupement pour se frayer un chemin jusqu'à lui. Elle retira le linge qui couvrait le visage de Gertrud et, sans prononcer un mot, la prit dans ses bras. Comme si le corps de la fillette était léger comme une plume, elle traversa la place, toujours suivie de la foule, et entra dans une des maisons. Elle renvoya les curieux d'un geste ferme et referma la porte derrière elle.

Décontenancé mais pas vraiment inquiet, Ganse était resté près du feu. Il sentit tout à coup la faim et la fatigue l'envahir. Un homme d'un certain âge lui toucha le bras pour attirer son attention, lui parla très doucement et le conduisit sous l'auvent d'une maison. Il posa son baluchon et s'assit sur un tabouret. Le crépi d'argile des murs de la maison s'effritait. Près de lui, il y avait des bûches à moitié calcinées et des lances.

Devait-il suivre l'enfant? Qu'allait-on lui faire? Il montra la maison du doigt et regarda le vieux d'un air interrogateur. Celui-ci le rassura d'un geste et marmonna quelque chose qui voulait dire, sans doute, qu'il n'y avait pas à s'inquiéter.

Deux femmes lui apportèrent des calebasses fumantes, remplies de légumes cuits, de racines et de lait chaud. Elles lui tendirent son dîner de la main droite, en soutenant de la gauche le bras qui portait la calebasse. Elles s'inclinèrent profondément, avec un sourire à la fois amical et timide. Il accepta avec reconnaissance. Il mangea avidement, comme quelqu'un qui a perdu l'habitude de prendre ses repas avec d'autres. Il s'en rendit compte lorsqu'il eut vidé toutes les calebasses, et en eut un peu honte.

Il commença à pleuvoir. Le feu s'éteignit et une fumée blanche s'éleva dans la nuit éclairée par la lune. Dans la forêt toute proche et dans les toits de paille, des grillons chantaient. Le vieux qui avait tenu compagnie à Friedrich pendant qu'il mangeait ouvrit la porte de la hutte. Il s'affaira à l'intérieur et montra enfin à Ganse sa couche. Celui-ci ôta ses bottes, se jeta sur les peaux de bêtes douillettes et s'endormit aussitôt.

CHAPITRE 6

En rêve, il vit une image floue et lointaine. Debout sous un oranger, Eva et Usimbi lui souriaient. Il les voyait comme s'ils étaient à l'horizon. Il voulait les rejoindre, mais sa moto s'embourba. Il laissa gémir le moteur, passa une vitesse, mais, à ce moment-là, les roues se mirent à tourner à l'envers, faisant gicler de la boue et des touffes d'herbe vers l'avant. Ses vêtements se couvrirent d'une couche de boue et enfin le moteur s'arrêta. Pour redémarrer, il avança la main vers la clef, au-dessus du phare. Elle n'y était plus. La moto n'avait plus de roues et s'était enfoncée dans la boue. Il essaya vainement d'appeler Usimbi à son secours : celui-ci semblait ne pas l'entendre, mais il continuait à lui sourire, toujours debout à côté d'Eva. Parlaient-ils de lui ? S'étaient-ils encore éloignés ? Où était Gertrud ? La peur envahit Friedrich, mais aucun son ne sortit de sa bouche. Il ne pouvait pas laisser sa moto là. Ensuite il se mit à pleuvoir et l'image se noya dans un voile d'humidité.

Ganse se réveilla en sursaut et se passa les mains sur le visage. Il était en nage. Combien de temps avait-il dormi ? Il vit alors le vieux, accroupi près de sa natte, lui montrer la porte, sans rien dire. Le jour se levait.

L'homme prononça quelques mots qu'il illustra avec des gestes. Friedrich eut envie de dire quelque chose, lui aussi, mais il lui adressa simplement un sourire un peu douloureux et se leva.

Sur la place, le feu avait été ranimé. Hommes et femmes préparaient à manger. Ils faisaient rôtir une cuisse d'antilope. Il vit dans l'herbe des têtes, des cornes, des os et des lambeaux de peaux d'antilopes et de buffles. Des poulets picoraient ces restes avec hésitation. Cela sentait le sang et le feu. Derrière les huttes meuglait une vache qu'il ne voyait pas. Les premiers oiseaux chantaient dans les branches tandis que des corbeaux gris paradaient autour du feu et des cadavres pour se tailler une part du festin.

Friedrich Ganse et le vieux étaient maintenant debout devant la hutte. En dépit de toute cette agitation, c'était un matin calme, et l'air était doux comme de la soie. Devant une hutte voisine, une femme lavait un petit enfant : accroupi dans un baquet, celui-ci se cachait les yeux de ses poings pour les protéger du savon.

— Où est Gertrud ? demanda Ganse.

Comme si quelqu'un l'avait compris, la porte de la hutte d'en face s'ouvrit et la femme qui, la veille au soir, avait emporté sa fille lui fit signe d'approcher.

Il avança jusqu'à elle et vit Gertrud allongée sur un sommier en planches, recouvert d'un matelas de paille et de chiffons. Elle semblait dormir. Son visage était un peu rouge. Friedrich s'absorba quelques instants dans la contemplation de cette image paisible sans s'apercevoir que la femme lui parlait, jusqu'au moment où elle lui prit le bras et lui montra son fusil, posé contre le mur. Il l'avait oublié la veille au soir à l'entrée du village, en pénétrant dans la clairière.

Deux femmes apportèrent des calebasses remplies de nourriture, qu'elles posèrent par terre. Le vieux lui fit signe de se servir. Puis, tandis que Friedrich commençait à manger, il montra Gertrud, secoua vivement la tête et pointa ensuite le doigt sur Friedrich. Ce dernier était trop affamé pour chercher à comprendre ce que le vieux voulait dire. Il mangeait avec les mains, enfournait des bouchées de cette purée faite de tubercules qu'il ne connaissait pas et mordait à pleines dents dans la viande épicée. En plus de la faim, il sentait dans ses muscles la fatigue de la veille et constatait que le fait de manger le réchauffait et lui donnait des forces.

Il se lava les mains dans une gamelle d'eau que le vieux lui avait apportée.

La femme fit de grands gestes en direction du fleuve : il crut comprendre qu'il devait partir. Le vieux ramassa son baluchon et son fusil et le précéda. Friedrich Ganse, qui portait Gertrud dans ses bras, sentit sur son enfant une odeur épicée qu'il ne connaissait pas. Une odeur plutôt agréable. Il supposa qu'on avait fait sa toilette. Peut-être lui avait-on donné un bain avec des plantes. Comment savoir ? Le fait de ne pouvoir s'exprimer verbalement éveillait en lui un sentiment d'impuissance. Il aurait voulu au moins remercier ces gens, leur demander ce qu'ils avaient fait à sa fille. Mais c'était peine perdue : il ravala sa déception.

Seul le vieux l'accompagna au bord du fleuve. Les enfants, qui, en Afrique sont toujours ravis d'assister à des scènes inhabituelles et d'escorter les visiteurs, devaient encore dormir, car le soleil n'était pas encore levé.

Une fois dans la pirogue, il tâta la paillasse de Gertrud. Elle était tapissée de plantes et de feuilles fraîchement cueillies que quelqu'un avait dû apporter pendant la nuit ou au petit matin. Il y allongea Gertrud, la couvrit. En remontant le drap jusqu'à son menton, il vit autour de son cou un lacet de cuir. Il le tira et découvrit, en pendentif, une patte de coq séchée.

Rouge de colère, il regarda le vieux en montrant le grigri et fit mine de l'arracher. L'homme garda son calme, mais lui adressa des gestes sévères et quelques paroles tout à fait explicites: Ganse devait laisser ce collier en place! Ensuite, il s'approcha, se pencha sur la petite fille blanche et lui murmura des paroles apaisantes. Il prit la patte de coq et la remit en place, sur la poitrine de l'enfant. Il continua à parler d'un ton insistant, répétant toujours les mêmes mots, hochant la tête, comme pour faire comprendre à ce Blanc qu'il ne tolérerait aucune protestation. Ensuite, il se releva et montra l'amont du fleuve, ressortit la patte de coq, la mit sous le nez de Friedrich et lui montra une petite entaille que quelqu'un avait faite à l'aide d'un couteau. L'homme suivit l'entaille du bout du doigt et montra de nouveau le fleuve, vers l'amont. Que voulait-il dire? Que ce grigri avait été placé autour du cou de l'enfant à Bujora? Et que signifiait cette entaille?

Tandis que le vieux tentait de le convaincre, Ganse retrouvait son calme et essayait de donner un sens à ses mots et ses gestes.

Que faire? Ces gens l'avaient gentiment accueilli, hébergé et nourri, ils s'étaient occupés de sa fille, l'avaient même lavée et soignée. Il eût été impoli de manifester sous leurs yeux son aversion pour leurs accessoires de sorcellerie. Après tout, la patte de coq ne ferait de mal à personne.

Il finit par sourire au vieil homme qui lui parlait toujours, et lui tendit la main.

La pirogue s'engagea dans le courant et prit de la vitesse. Une brume matinale veloutée planait au-dessus de l'eau. Friedrich ne put s'empêcher de penser aux nappes bleues qui flottaient dans les champs de son village, là-bas, dans son pays, ces brumes qui, le matin et les soirs d'été, transformaient le monde, comme par magie, ces brumes qu'il aimait tant. Encore une chose perdue, pensa-t-il, comme souvent depuis qu'il avait quitté l'Allemagne.

On se décide parfois contre ce que l'on aime, se disait-il, et on ne sait pas ce qu'on aura en échange. On n'a pas le choix. C'est comme quand on a commis un péché: on ne peut pas revenir en arrière et annuler le geste. Le remords n'efface pas le péché, au contraire, il est souvent aussi douloureux que du sel sur une plaie.

Le vieux avait regardé avec étonnement ce Blanc qui scrutait le fleuve sans toucher à ses rames, perdu dans ses pensées, comme s'il l'avait oublié. Puis il était parti.

Lorsque Ganse émergea en sursaut de sa rêverie et chercha des yeux le vieil homme, celui-ci avait déjà disparu dans la forêt.

Bientôt le jour se leva, le soleil montait dans le ciel sans nuage et jouait sur l'onde. L'homme dans la pirogue rabattit son chapeau sur son visage et se concentra sur le fleuve.

Ici, il était toujours aussi calme, sans rapides. Derrière un bouquet d'arbres très hauts apparut une crique. Ganse remonta les rames et laissa la pirogue glisser sans bruit. Sur la berge, sept buffles noirs pataugeaient dans la boue pour pouvoir plonger leur museau dans l'eau. Effrayés, ils reculèrent de quelques pas et s'immobilisèrent, tête dressée. Ganse était tellement absorbé dans la contemplation de leurs silhouettes sauvages et impétueuses qu'il lui sembla sentir leur forte odeur de bête. Ce tableau dissipa les pensées qu'il ressassait et son visage s'éclaira. Les buffles n'étaient pas une menace.

Les heures passaient. Toujours silencieux, Ganse regardait maintenant vers l'aval, remuant à peine les rames, car le courant était fort et la pirogue avançait bien. Il pouvait se contenter de tenir la barre et de scruter le fleuve. Tout rudimentaire qu'il était, avec de simples cordes pour fixations, le gouvernail réagissait très vite. Plusieurs fois, Ganse avait évité au dernier moment de lourds troncs d'arbres difficiles à voir parce qu'ils affleuraient à peine à la surface.

Vers midi, il voulut attraper derrière lui sa Bible, dans la mallette de médicaments. Elle n'y était pas. Il fouilla nerveusement entre les boîtes et les fioles, mais en vain. Peut-être était-elle restée dans les fourrés où il avait laissé la mallette la veille au soir? Ou alors il l'avait oubliée à Bujora. Il eut une sueur froide, comme l'impression d'avoir failli à un devoir essentiel. Ou de s'être laissé arracher une arme des mains.

Tout en ramant d'une main, l'autre tenant la barre, il se pencha sur le côté pour virer vers la berge. Il fit cela sans vouloir s'avouer qu'il serait impossible de retourner jusqu'au village en ramant. Pendant un instant, il perdit l'équilibre, la pirogue pencha dangereusement et, pour la redresser, il agita sa rame avec des mouvements désordonnés. Ce faisant, il la cogna contre une énorme branche morte qui pendait au-dessus de l'eau.

La pirogue, qui avançait toujours, fut soudain envahie par une pluie de fourmis noires tombées des branches. Pris de panique, Ganse se mit à genoux, jeta sa rame et arracha Gertrud à sa couche. Le visage et le corps de l'enfant inerte grouillaient d'insectes. Il l'attrapa sous la nuque et par la robe et, agenouillé dans la pirogue, l'immergea. Il regarda son visage pâle, vit que les fourmis s'en détachaient, la sortit de l'eau et l'y replongea une deuxième fois tout en reculant sur les genoux, centimètre par centimètre, pour atteindre la barre avec son pied. Ses bras et sa poitrine, appuyés sur le bord de la pirogue, étaient tendus au maximum, la peau de ses genoux avait éclaté sans qu'il s'en aperçût et le frottement contre le bois sec avait fait de longues entailles dans ses coudes tandis qu'il tenait fermement l'enfant dans ses mains.

— Je suis en train de tuer mon enfant, je suis en train de tuer ma fille, murmurait-il.

C'était comme s'il se maudissait lui-même dans son combat solitaire. Ses mains et ses épaules lui faisaient mal. Il ne se rendait pas compte que la chair de ses genoux était à vif, mais il sentait les fourmis grimper sous ses vêtements. Il n'y prêta pas attention, pas plus qu'aux crampes dans ses épaules qui menaçaient de se tétaniser – jusqu'à ce qu'enfin son pied atteigne le gouvernail et le pousse.

La pirogue réagit aussitôt. Elle fila vers la rive et glissa sur une partie de berge dépourvue de buissons. Des racines noueuses formaient une petite crique sèche.

Une chance. Portant sur un bras la fillette ruisselante, il mit le pied à terre et l'allongea sur ce lit de racines et d'herbes. Il pensa furtivement aux serpents et aux scorpions, mais il était bien obligé de prendre le risque.

De justesse, il retint la pirogue qui menaçait d'être emportée par le courant, et l'arrima en hâte. Ensuite il s'agenouilla près de sa fille et se mit au travail. Il n'avait pas de temps à perdre. De ses mains, tremblantes encore de l'effort qu'il venait de faire, il déshabilla Gertrud et examina son corps maigre pour voir s'il y avait des piqûres de fourmis. Il ne trouva que quelques marques rouges. Puis il sortit la valise en osier de la pirogue et la débarrassa des fourmis avant de l'ouvrir et de mettre des vêtements secs à Gertrud. Debout dans la rivière, de l'eau jusqu'à la taille, il lava soigneusement tous les vêtements et les étendit sur les fourrés les plus proches. À moitié nu, il se passa les cheveux à l'eau pour en faire partir les fourmis et s'attaqua ensuite au nettoyage de la pirogue. Il ramassa des branches dans les buissons, les plongea dans l'eau et balaya la vermine par-dessus bord. Cette besogne semblait ne jamais devoir finir : sans cesse, de nouvelles colonnes de fourmis noires se formaient dans les coins du bateau et les moindres fentes du bois.

Il se passa bien une heure avant que la pirogue ne fût complètement débarrassée de ses envahisseurs. Il se traîna sur la rive, enleva son pantalon et le mit à sécher sur les fourrés. C'était un bon endroit, trouvat-il, et il s'affala près de sa fille, épuisé. Pour la première fois, il ouvrit le baluchon de cuir. Il y trouva de la nourriture et une calebasse remplie d'un liquide qu'il goûta : c'était un jus de fruits étonnamment frais et délicieux. Il y avait aussi de la viande séchée et des racines de yucca bouillies. Il prit un morceau de chaque. La viande était tellement salée qu'il faillit la recracher. Mais, après quelques bouchées, un succulent goût de viande épicée se répandit dans sa bouche et alors seulement il se rendit compte qu'il avait terriblement faim. Tout en mâchant, un morceau de viande à la main, il regardait Gertrud. Elle avait ouvert les yeux. Il se pencha au-dessus d'elle, mais elle ne semblait pas vraiment le voir, même si elle le regardait. Son teint avait retrouvé la fraîcheur du matin.

– Gertrud ?

Elle n'avait pas l'air de l'entendre.

Il se pencha de nouveau, lui souleva la tête et porta la bouteille à sa bouche. Elle réagit, toussota, but un peu et replongea dans le sommeil. Mais elle avait bougé la main, ce qu'il prit pour un bon signe.

Rassuré, il examina ses propres blessures. La peau de ses genoux était arrachée et pendait littéralement. Il la remit délicatement en place, versa de la teinture d'iode sur les lèvres de la blessure et les colla simplement avec du sparadrap qu'il trouva dans sa mallette, se disant qu'un gros pansement l'empêcherait de gouverner le bateau. Ainsi la blessure guérirait-elle peut-être sans s'infecter... Si la chance est avec moi, se dit-il, car il savait bien à quelle allure les plaies s'infectaient dans ces pays tropicaux, et combien c'était dangereux.

Ensuite, il tomba dans un sommeil léger qui dura une demi-heure. Il fut réveillé en sursaut par un lointain coup de tonnerre.

Gertrud avait les yeux ouverts, mais il ne savait toujours pas si elle le voyait. Elle ne réagit pas aux questions qu'il lui posa à voix basse en la réinstallant dans la pirogue.

Le fleuve était plus rapide à cet endroit. Friedrich Ganse avait bien du mal à maintenir son embarcation dans le courant. Des troncs d'arbres et de petits radeaux de végétaux constituaient le principal danger.

L'après-midi, Gertrud avait mangé un peu de racines de yucca bouillies. Ce minuscule signe de guérison avait tellement réjoui Friedrich qu'il s'était mis à chanter à tue-tête. Effrayés, les oiseaux s'étaient envolés des branches et des fourrés bordant le fleuve, mais pour se reposer aussitôt et regarder passer avec étonnement ce drôle d'équipage et cet homme à la barbe hirsute qui chantait.

L'orage ne se rapprochait pas, mais on entendait encore son grondement au loin. Le goût agréable de la viande séchée donna l'idée à Ganse d'en mettre un petit peu dans la bouche de sa fille. Gertrud réagit aussitôt et commença à manger. Voilà qui lui donnera plus de force que les racines de yucca, se dit-il, et il lui fit encore manger de la viande prémâchée, jusqu'au moment où elle sembla en avoir assez et détourna la tête.

Des heures sans fin sur le fleuve. La pirogue filant sans bruit, avec à son bord cet homme silencieux. La surface de l'eau qui s'étendait loin devant eux lui faisait oublier le temps et l'espace.

Quand il aperçut un appontement, cela lui rappela que la nuit allait bientôt tomber. Cet enchevêtrement de planches et de pilotis vaguement attachés avec des bouts de chanvre ne lui inspirait guère confiance. Pourtant, lorsque Ganse, ayant viré vers la berge, y posa le pied, la construction s'avéra étonnamment stable. Les taillis semblaient impénétrables, mais il devait y avoir ici des hommes. En Afrique, il était rare que les villages de pêcheurs se trouvent juste au bord du fleuve.

Lorsqu'il eut attaché son embarcation et étiré ses membres, il sentit la fatigue dans tout son corps. Les paumes de ses mains étaient meurtries par les rames. Mais il ne s'attarda pas sur ses douleurs : il sortit Gertrud de la pirogue et se mit en route.

Il n'eut pas à chercher longtemps. Le sentier qui menait au village était bien dessiné par les pas, et bientôt il entendit des bruits humains.

Gertrud, la tête sur son épaule, paraissait dormir. Elle lui semblait lourde. Comment serait-il accueilli par les gens de ce village ? Par indécision autant que par prudence, il s'arrêta à l'ombre d'un acacia, au bord de la clairière, où il apercevait de petits feux et des huttes. Valait-il mieux faire demi-tour et passer la nuit dans la pirogue ? Il y avait encore assez de viande et racines de yucca pour tenir une journée.

Mais il était trop fatigué pour faire demi-tour. Quand il sentit Gertrud bouger, il avança à grands pas vers le feu et les villageois.

CHAPITRE 7

Les hommes avaient planté leurs lances dans le sol, devant eux. Comme pour dresser une barrière. Assis sur des nattes ou des tabourets en bois, ils discutaient et riaient. Seuls deux d'entre eux se levèrent lorsque l'étranger, chargé de son mystérieux fardeau, entra dans la lueur du feu. Les deux hommes lui adressèrent quelques mots. Ils n'obtinrent aucune réponse et en conclurent que l'étranger ne les comprenait pas. Commença alors une discussion animée. Des hommes se levèrent d'un bond, puis des femmes entrèrent dans le cercle qui s'était formé autour de Ganse.

Visiblement, c'était surtout l'enfant qui les intéressait : ils ne cessaient de désigner Gertrud, de toucher ses mains ou ses pieds, et parlaient à l'étranger avec insistance, comme si cela lui permettrait de comprendre. Voyant l'un des hommes s'apprêter à lui prendre Gertrud des bras, Friedrich recula. Non, il n'était pas question qu'on le sépare encore toute une nuit de sa fille.

Les hommes se consultèrent. Puis, voyant arriver derrière eux un jeune homme mince, à la mine grave, ils se turent avec respect.

Ce devait être un chef ou un roi, à en juger par la peau de léopard, emblème de la souveraineté, qui couvrait ses épaules. Il s'adressa à Friedrich d'une voix douce et grave. Ce dernier essaya de se faire comprendre en anglais. Il n'était pas sûr d'y être parvenu, car le jeune homme le prit par le bras et le conduisit vers une hutte ronde. Faite de paille, de poteaux en bois et de feuilles tressées, elle paraissait solide et spacieuse. À l'intérieur, des nattes étaient étalées sur le sol et sur des sommiers en bois. Un petit feu répandait dans la pièce une odeur agréable, comme si l'on avait brûlé du parfum. Suspendue à la charpente, une lampe à pétrole diffusait une douce lumière.

D'un geste amical, le Noir proposa à Friedrich d'allonger l'enfant sur une des nattes. Ce dernier s'accroupit et installa Gertrud du mieux qu'il put. Il était inquiet de ce qui allait se passer et surpris qu'aucune femme ne soit encore venue s'occuper de sa fille. D'instinct, il faisait davantage confiance aux femmes.

Se tournant vers le jeune roi, il vit que celui-ci montrait Gertrud du doigt. Elle avait ouvert les yeux et lui souriait, ainsi qu'à son père, comme si elle voulait leur dire quelque chose. Elle respirait difficilement et semblait épuisée. Elle avait de grands cernes sous les yeux.

Lorsque Friedrich se retourna, il s'aperçut que le roi s'était retiré pour les laisser seuls. Il décida alors que, quoi qu'il arrive, il ne quitterait cette nuit ni la hutte ni sa fille.

Il ouvrit le baluchon en cuir pour mâcher le reste de viande séchée. Gertrud devait être à bout de forces à cause de la faim.

Le roi revint juste à ce moment-là avec deux jeunes femmes. Sans se préoccuper du père et de ses faibles protestations, elles se penchèrent vers l'enfant et sortirent de sa chemise le lacet de cuir où pendait la patte de coq. Elles l'examinèrent de tous côtés, et semblaient se concerter.

Une grande agitation régna bientôt dans la pièce. Arrivèrent des femmes portant un plateau en pierre qu'elles posèrent sur trois gros cailloux, et elles allumèrent un feu au-dessous. Sur la pierre plate, elles émiettèrent des herbes, versèrent de l'eau dessus et jetèrent encore d'autres plantes sur la surface, qui, en chauffant, se mit à exhaler un fort parfum.

Assis par terre, Friedrich commença à s'impatienter et tenta de leur faire comprendre par gestes que son enfant avait faim. Peut-être ne le comprirent-elles pas, car elles le firent taire d'un brusque revers de la main.

Sur la pierre plate, où elles mélangeaient maintenant aux herbes séchées des racines et de petits bouts de bois concassés, se forma bientôt une bouillie marron clair. L'une des jeunes femmes y ajouta parcimonieusement quelques pincées d'une farine jaune, puis, comme si elle était pressée, elle versa la pâte dans un bol, à l'aide d'une cuiller en bois, s'assit près de Gertrud et la fit manger. Ce faisant, elle ne cessait de parler à la fillette, comme si cette dernière la comprenait. Elle posa la tête de Gertrud dans son giron, aussi naturellement qu'elle l'eût fait avec son propre enfant. Gertrud mangeait avec plaisir et semblait se sentir bien. Elle avait les yeux ouverts. Comme elle se mettait à tousser, la femme lui fit boire du lait, puis, tout en parlant et en riant, elle continua à la faire manger, jusqu'à ce qu'il ne reste plus rien sur la pierre.

Elle reposa la tête de la fillette sur la couche. Toujours sans un regard pour Friedrich, elle prit une petite jatte ronde en bois, contenant une sorte d'onguent. Elle en prit un peu avec son index, qu'elle passa ensuite sur le front de Gertrud. Une fois sur la peau, le produit devint bleu foncé et l'on vit nettement apparaître deux traits horizontaux, de la largeur d'un doigt. Cela parut satisfaire la femme.

Les soins de l'enfant semblaient terminés et elles se tournèrent vers l'homme, qui pendant tout ce temps était resté accroupi, désemparé.

De la place du village, elles lui apportèrent, sur des feuilles de bananiers, de la viande de singe et des légumes cuits. Friedrich mangea goulûment, se pourléchant les doigts après chaque bouchée, pour en reprendre une aussitôt. Son visage barbu luisait de gras. Il ne se s'aperçut même pas que les femmes le regardaient, étonnées et amusées.

Deux autres femmes entrèrent pour emmener Gertrud. Il allait protester, lorsqu'elles lui montrèrent, par la porte ouverte, un baquet en bois rempli d'eau chaude. Tout en finissant de manger, il les regarda déshabiller Gertrud et la laver avec de grosses éponges et beaucoup de plantes, puis poser sur tout son corps des cataplasmes d'herbes chaudes et l'envelopper ensuite dans des linges moelleux. La lumière de la pièce éclairait par la porte cette scène étrange qui lui faisait penser à un mystérieux rituel sacré. Ensuite, les femmes ramenèrent la fillette dans la hutte et la couchèrent sur la natte.

Une fois encore, l'une d'elles oignit son front avec le produit gras, et de nouveau on vit se dessiner deux lignes horizontales bleu foncé qui faisaient penser à un bandeau. Les femmes étaient de plus en plus nombreuses à venir voir Gertrud dans la hutte.

Son copieux repas terminé, Ganse sentit la douleur dans ses genoux et une énorme fatigue l'envahir. Il décida de se reposer. Il se lava les mains et le visage dans le baquet resté devant la porte et s'allongea près de Gertrud, qui s'était apparemment rendormie. Les femmes sortirent de la pièce, comme pour laisser leurs hôtes se reposer. Avant de sortir, l'une d'elles répandit une poudre sur la pierre plate encore chaude, d'où s'échappa aussitôt une odeur forte mais agréable. Ganse voulut se lever d'un bond, mais il fut pris d'une sorte d'engourdissement qu'il n'avait jamais éprouvé et qui l'empêchait de se mettre debout. Il retomba sur sa natte et sombra peu après dans un profond sommeil.

Avec le sommeil, la panique et l'angoisse le quittèrent. Sa dernière pensée fut pour son fusil, resté dans la pirogue.

CHAPITRE 8

Dehors il commençait à faire jour. Il y avait eu un orage dans la nuit et, devant la hutte, l'herbe et les buissons trempés brillaient légèrement dans la faible lueur de l'aube. Des gouttes tombaient du toit. Une fois réveillé, Friedrich Ganse resta un moment allongé, engourdi. Puis il se souvint de ce qui s'était passé la veille au soir, de sa tentative pour fuir la forte odeur qui emplissait la pièce. Il avait les idées tout à fait claires, donc la sorcellerie des Noirs ne lui avait pas fait de mal. Et Gertrud? Il jeta un coup d'œil vers sa couche. Elle était vide, les casseroles et le baquet avaient été emportés, quelqu'un avait déjà rangé.

Il constata avec étonnement que l'absence de Gertrud ne l'inquiétait pas vraiment. Il était toujours allongé sur sa natte lorsque le jeune chef apparut sur le seuil de la hutte.

Friedrich se leva, le salua et le rejoignit dehors. Les feux de la veille fumaient encore un peu, le soleil n'était pas très haut, mais il faisait déjà chaud, et Friedrich savait que cela annonçait une chaleur caniculaire.

— Où est ma fille? demanda-t-il à l'homme en le saisissant par le bras.

Celui-ci sembla avoir compris sa question, car il montra une maison en pierres et en torchis. Comme ils s'en approchaient, ils entendirent des voix de femmes à l'intérieur. Elles avaient fait la toilette de Gertrud, dont les cheveux encore trempés étaient attachés sur sa nuque. Ses joues n'étaient plus aussi pâles que la veille. Elle était réveillée, et une des femmes, assise sur sa natte, lui donnait à manger des légumes bouillis et à boire. Friedrich s'accroupit à côté d'elle, et un sentiment de bonheur l'envahit lorsque Gertrud le regarda et lui sourit.

Sur la place, tout à coup, on entendit un brouhaha. Des hommes et des femmes parlaient fort, tous en même temps, et semblaient saluer quelqu'un. Le chef prit Friedrich par le bras et l'entraîna dehors.

Il y avait là, au milieu des villageois, un jeune homme habillé à l'européenne, chemise blanche et pantalon clair. C'était visiblement lui qui avait suscité l'agitation. Il se présenta : il s'appelait Alexandre et on l'avait fait venir parce qu'il connaissait quelques mots d'anglais. Il devait parler avec lui, Friedrich, et essayer de traduire ce que lui dirait le chef.

Son anglais était en effet assez limité, mais Ganse se réjouissait chaque fois qu'il comprenait un mot.

Il retourna, avec le chef, dans la hutte où Gertrud et lui avaient passé la nuit. Tout en regardant Ganse avec attention, le jeune roi parla longuement, ponctuant chacune de ses phrases par des gestes appuyés. La traduction anglaise était très succincte, et Ganse dut faire un gros effort pour comprendre quelque chose à cet embrouillamini.

On lui demanda si c'étaient encore les Allemands ou déjà les Anglais qui gouvernaient. Ganse fut surpris.

– Les Anglais, répondit-il. Les Allemands ont perdu la guerre, ils sont partis depuis longtemps.

C'était tout ce que le chef voulait savoir à ce sujet. Il poursuivit. Sa fille était gravement malade et ils avaient fait pour elle tout leur possible. Il devait reprendre son bateau et poursuivre son voyage pour l'emmener à l'hôpital de la ville. Sa fille avait sur elle un message pour tous ceux qu'il rencontrerait en chemin – venait ensuite quelque chose que Ganse ne comprit pas – ; toutes les deux heures, il devait lui donner une gorgée du breuvage qu'on lui avait préparé. Au prochain village, il trouverait à nouveau de l'aide ; il devait beaucoup parler à l'enfant – cela non plus, Ganse ne le comprit pas. Lorsqu'il demanda des éclaircissements en anglais, Alexandre, incapable de les lui donner, lui sourit avec embarras.

La conversation devait être terminée, car le chef se leva. De la maison d'en face, des femmes sortirent avec Gertrud, l'amenèrent sur la place et la déposèrent dans les bras de son père.

Elle lui sourit.

– On t'a donné à manger ? lui demanda-t-il.

Elle acquiesça.

– Nous repartons. Dans deux jours, nous serons à l'hôpital et tout ira bien.

Il aurait bien voulu lui en dire davantage, mais elle s'était rendormie.

La pirogue était prête pour le départ. Au fond, il y avait deux ballots contenant de la viande, des racines bouillies, des oranges et des calebasses avec les boissons. La couche de Gertrud avait été tapissée de plantes fraîches qui sentaient fort la menthe. Les palmes qui la protégeaient du soleil avaient également été remplacées. La carabine était posée sur le banc de nage. Rien de tout cela n'échappa à Friedrich. Lorsqu'il eut installé Gertrud, il prit place sur le banc. Ne voyant plus Alexandre dans la foule, il se contenta d'adresser au chef du village et aux femmes qui l'avaient accompagné jusqu'au fleuve un geste d'adieu et de reconnaissance. Les femmes rompirent le silence avec des trilles aiguës, lui firent des signes de la main, agitèrent des tissus, et tout à coup il y eut une joyeuse ambiance de fête qui finit par gagner le père inquiet. Ce fut en souriant et en agitant la main qu'il guida sa pirogue jusqu'au milieu du fleuve.

Il allait faire chaud. Le soleil était déjà haut dans le ciel. Friedrich rabattit son vieux chapeau sur son visage et saisit la barre d'une main, la rame dans l'autre. La pirogue prit de la vitesse. Des buissons qui bordaient l'autre rive surgirent des oiseaux aquatiques, puis une gazelle, qui disparut en quelques bonds légers dans la forêt. Friedrich ne quittait pas les berges des yeux afin de repérer assez tôt les crocodiles et les hippopotames. Cela le détournait des idées noires qui menaçaient de s'emparer de lui quand il se retrouvait seul sur le fleuve.

Chapitre 9

Sans ouvrir les yeux, Gertrud sentit la lumière et la chaleur sur son visage. Elle essaya de se souvenir d'un de ses rêves. Elle était partie très loin, dans un paysage vert sombre, et une musique l'accompagnait. Elle ne se souvenait pas du déroulement du rêve, mais la mélodie résonnait encore en elle. Gertrud sentait la présence toute proche de son père. Il s'était rassis sur le banc de nage et s'était mis à parler. Elle n'entendit d'abord qu'un faible bourdonnement, qui bientôt s'amplifia, et elle fit un effort pour comprendre ce qui se cachait derrière et devenait de plus en plus audible. C'étaient des mots, des mots toujours plus distincts et qu'elle cherchait à comprendre. De peur de les faire fuir, elle garda les yeux fermés et redoubla d'attention.

– ... a envoyé le chien derrière les vaches. Cours, ramène-les, a-t-il crié, et le chien a obéi à mon père. Il a couru autour du petit troupeau – il n'y avait pas plus d'une dizaine de vaches, tu sais, et la plupart d'entre elles ne faisaient jamais d'incartades, n'allaient jamais dans les champs boulotter des betteraves ou des lupins. Mais, ce jour-là, quelques-unes ont voulu essayer, et le chien, qui s'appelait Ruisseau, est allé les rechercher. Il leur mordait les pattes si c'était nécessaire. Et si tu les avais vues courir alors, la queue en l'air, pour rejoindre les autres. Ruisseau, drôle de nom pour un chien, non? Mais, pour autant que je me souvienne, tous nos chiens s'appelaient Ruisseau, c'était comme ça. (Ganse se tut un moment, laissait tremper ses bras écorchés dans l'eau et enveloppa l'éraflure dans un lambeau de sa chemise déchirée, pour que les mouches ne s'y posent pas. Il reprit ses rames. La pirogue filait à vive allure. Il avait une vue bien dégagée sur le fleuve.) Donc, le problème était réglé, Ruisseau surveillait le troupeau, il n'y avait pas de meilleur chien pour ça. Je me suis dit, bon, maintenant il va repartir et me laisser seul avec les vaches et Ruisseau, puisqu'il a toujours tellement de travail à la ferme et si peu de temps pour moi. Mais pas du tout, s'exclama Friedrich Ganse en riant, pas du tout. Il est resté. Et tu sais ce que nous avons fait, tout l'après-midi? Tu ne devineras jamais, fillette, tu ne devineras jamais... Au bord du pré, il y avait un bouleau entouré de jeunes pousses. Quand j'étais seul, je m'asseyais au pied de ce bouleau et je pensais à ce que je ferais plus tard, je rêvais qu'un jour je libérerais un prisonnier et que tout le monde m'en serait reconnaissant et que je serais un héros. On en a, des rêves, quand on est enfant... (Il marqua une pause, puis passa la main sur son front, comme pour aider les souvenirs à revenir.) Cette fois-là, mon père m'a pris par la main et m'a demandé: «Où t'assois-tu, Fritz, quand tu es ici?» Je lui ai montré les jeunes pousses de bouleau. «J'en étais sûr, a dit mon père en souriant, c'est là que je me mettais moi aussi, autrefois, quand je gardais les vaches. Viens, on va s'installer confortablement. C'est un bon endroit pour les surveiller...»

Je ne voyais pas du tout où il voulait en venir. Il m'a emmené dans un champ de seigle moissonné où séchaient encore des gerbes de paille. Il a pris cinq de ces gerbes sur son dos et m'a demandé d'en prendre une aussi.

Nous les avons jetées par terre, sous le bouleau. Je ne comprenais toujours pas. «Attends un peu, attends un peu, mon petit Fritz, tu vas voir ce qu'on va faire tous les deux.»

Ensuite il m'a emmené à la lisière de la forêt. Il a sorti son canif de sa poche et a coupé des branches de la grosseur d'un doigt. Il me les a lancées pour que j'en ôte les feuilles et les brindilles. J'ai fait cela très vite et il m'en a félicité.

Avec ce paquet de branches, nous sommes retournés vers le petit bouleau. Les vaches, s'étaient tenues tranquilles et Ruisseau était couché là, la tête sur les pattes. Il a jeté un coup d'œil vers les vaches, puis vers nous, comme s'il se méfiait de ce que nous allions faire, et enfin il a tapé par terre avec sa queue. Il faisait toujours ça quand il était content.

Avec un bâton, mon père a dessiné sur le sol un rectangle d'environ trois pieds sur deux et a dit: «Voilà, ce sera notre maison. Assez grande pour nous deux, tu vas voir.»

À l'aide d'une grosse pierre, il a commencé à enfoncer dans le sol, les uns à côté des autres, les pieux qu'il avait taillés en pointe avec son canif. Moi, je les tenais tandis qu'il tapait dessus pour les enfoncer. Du côté du pré, il a laissé la place d'une porte, avec en haut, là où nous devions nous glisser, une poutre transversale. Je comprenais maintenant ce qu'il voulait faire et je l'ai aidé. J'ai pris les brins de paille pour attacher solidement les branches. Bientôt la charpente était terminée et nous avons commencé à la garnir de paille. C'est ce qui nous a pris le plus de temps, tu imagines. Nous devions tresser les brins de paille, les passer entre les branches pour former un mur assez épais. Il fallait que ce soit bien fait. Enfin, nous sommes arrivés au toit. Tu ne peux pas savoir le travail que ça nous a demandé. (Le père se tut et regarda le fleuve. Gertrud vit son visage pensif et un peu triste. Il ne lui avait jamais parlé de son père. Il n'avait jamais raconté comme aujourd'hui, en naviguant sur le fleuve. Ou si, peut-être avait-elle entendu une histoire de colombe. Elle ne savait plus très bien.) Il y avait maintenant une merveilleuse maison sous le bouleau… Tu peux l'imaginer, j'en suis sûr. Nous l'avons examinée de tous côtés ; j'avais le canif à la main et je coupais les brins de paille qui dépassaient, et mon père approuvait d'un signe de tête, parce que je le faisais bien.

« Vas-y, entre », m'a-t-il dit alors. Je ne me le suis pas fait dire deux fois. À peine y étais-je installé que Ruisseau est entré aussi ; je lui ai recommandé de ne rien casser. Il a tourné en rond pour se coucher, mais en faisant bien attention de ne pas se cogner contre les parois. Ça sentait la poussière et la paille, comme pendant les moissons, tu vois ce que je veux dire ? Quand mon père s'est accroupi pour entrer, il a fait très sombre, tout à coup et je me suis dit : c'est trop, cette fois tout va exploser ! Mais ça tenait très bien. Nous étions assis tout près l'un de l'autre, Ruisseau à nos pieds. Mon père a sorti une boîte de tabac à chiquer, en a coupé un morceau et l'a mâché. Par plaisanterie, il m'en a proposé un bout et nous avons éclaté de rire. Nous regardions dehors, nous surveillions les vaches et nous étions plus heureux que jamais. Ruisseau n'avait rien à faire, les vaches allaient toutes dans la même direction, le long de la forêt, en broutant tranquillement. Elles vont toujours dans la même direction, tu sais. Tout allait pour le mieux dans le meilleur des mondes. Et Ruisseau était un chien sacrément intelligent, il n'y en avait pas de plus intelligent que lui dans tout le village.

Gertrud avait l'impression de voir la cabane et de sentir l'odeur de paille et de poussière. Mais le tabac à chiquer, qu'est-ce que ça sentait ?

Elle s'endormit et ne se réveilla que lorsque la pirogue grimpa sur la berge en crissant.

CHAPITRE 10

C'était déjà l'après-midi, mais le soleil était encore haut dans le ciel. Sur la rive droite, la végétation n'était plus un mur impénétrable, mais un tapis de buissons bas. Friedrich Ganse avait aperçu quelques antilopes et des phacochères qui, sur la pointe de leurs sabots, fourrageaient dans le sol. Ils ne semblaient pas s'intéresser au bateau qui passait. Par habitude, il avait attrapé son fusil, mais l'avait aussitôt reposé. Que ferait-il d'une antilope morte? Ensuite, la forêt s'éclaircit et il aperçut, derrière un groupe d'arbres, un toit en tôle ondulée.

Ce ne peut pas être un village africain, pensa-t-il. Les Africains n'utilisent pas de tôle ondulée. Il regarda, perplexe, la colonne de fumée qui montait vers le ciel; elle ne pouvait s'échapper que d'une cheminée, car elle était toute mince.

Il avança encore, en restant prudemment près de la berge. Le toit avait disparu derrière des arbustes, mais bientôt il aperçut un petit ponton en bois. Une barque, ou plutôt un assemblage de planches, y était amarrée. Tout semblait prouver que des Européens habitaient ici.

Qui cela pouvait-il être? Il avait entendu parler autrefois d'un homme, un certain Goldschmitt, qui vivait dans la région. Devait-il s'arrêter? Il jeta un coup d'œil à Gertrud. Elle était toute pâle maintenant, comme le sont les enfants qui ont dormi longtemps et profondément. Du coin de sa bouche s'échappait un filet de salive qui coulait sur sa chemise.

Il décida d'accoster. Il prit la carabine en bandoulière et sortit son enfant de la pirogue. La chaleur était intenable. Il avait hâte de se mettre à l'ombre, ce serait une bonne occasion de faire une halte. Peut-être ces Européens pourraient-ils l'aider, lui donner des médicaments. Et ça ferait du bien de parler un peu.

Il remonta à grands pas le sentier qui serpentait dans l'épaisseur des fourrés et aperçut au loin un jardin potager. Deux grands manguiers prodiguaient leur ombre aux rangées de légumes soigneusement alignées qui s'étiraient jusqu'à la maison. Celle-ci était en bois et flanquée, de chaque côté, de hauts bananiers.

C'était une maison en bois toute simple, avec devant, du côté du fleuve, une large véranda. Il ne vit tout d'abord que des bambins noirs, qui, lorsqu'ils l'aperçurent, se précipitèrent vers lui en criant et firent cercle autour de lui. Sur le pas de la porte apparut un Blanc de grande taille. Il mit une main en visière au-dessus de ses yeux pour mieux voir, dans le soleil, qui était ce visiteur. Il portait un pantalon beige, plein de taches, et un débardeur qui laissait voir ses bras forts et gras. Ses cheveux pendaient en longues mèches sur ses épaules, si bien que de loin on aurait pu le prendre pour une femme.

Ce doit être Goldschmitt, se dit Friedrich. Il avait entendu parler de ce géologue allemand et connaissait les potins qui couraient à propos d'une Africaine qui était tombée enceinte de lui et qu'il avait épousée, au grand étonnement des Blancs de la ville. Et on disait que sa mère lui avait écrit d'Allemagne : « Si tu as jugé bon de passer une nuit avec cette femme, tu dois pouvoir passer toute ta vie avec elle. »

Voilà ce que l'on racontait à Kigoma à propos de Goldschmitt.

Toujours entouré d'une nuée d'enfants, Ganse se dirigea vers la maison et monta les marches du perron.

— Vous êtes le premier Blanc qui nous fasse l'honneur d'une visite, dit l'homme d'une voix tonitruante en tendant sa grande main pour serrer vigoureusement celle de Friedrich.

Ses yeux bleu pâle saillaient dans son large visage ridé et sympathique.

— Qu'est-ce qui vous amène dans mon paradis au bord du grand fleuve... ? poursuivit-il en donnant une tape amicale sur l'épaule de Friedrich. Vous êtes un compatriote. Je les repère de loin, moi, je ne m'y trompe pas, vous savez... D'ailleurs quel Anglais oserait s'aventurer par ici ? Ils préfèrent rester dans leurs clubs à boire du whisky. Asseyez-vous. De quoi souffre-t-elle, cette enfant ? (Il se pencha au-dessus du visage de Gertrud et entrouvrit prudemment sa chemise. Puis il se tourna vers la porte et appela :) Martha, viens voir. Nous avons de la visite.

Sans attendre la réponse, il poussa Friedrich vers un fauteuil et lui prit des bras la fillette inerte.

Dans l'encadrement de la porte apparut une femme noire, gracieuse, vêtue d'une robe bleue à fleurs et coiffée d'un fichu. Sans paraître vraiment étonnée, elle regarda l'étranger, puis l'enfant que son mari tenait dans ses bras.

— Elle parle notre langue mieux que moi, dit l'homme tout en chassant gentiment sa marmaille à petits coups de pied. Nous pouvons lui confier la petite, le temps que vous serez ici. Les enfants, ça la connaît, croyez-moi !

Friedrich serra la main de la femme. Elle prit Gertrud et lui parla doucement en l'emportant dans la maison.

— Je vis ici depuis deux ans. Peut-être avez-vous entendu parler de moi. Qui n'a pas entendu parler de moi… ? Les gens aiment tellement cancaner. Où voulez-vous que j'élève tous ces enfants, sinon dans un endroit comme celui-ci ? Plus personne n'a besoin de mes services de géologue. Et depuis que les nazis ont pris le pouvoir en Allemagne, plus aucun journal ne veut publier mes articles. Les Anglais ne s'intéressent pas à mes travaux parce que je suis allemand. Le monde est fou, vous ne trouvez pas ? Eh bien, tant pis pour eux… Ici je peux chasser, cultiver des bananes, et il n'y a personne pour me regarder de travers. Vous voyez ce que je veux dire : à cause de ma femme et de mes gosses. Ici, on a tout ce qu'il nous faut. Et je leur fais moi-même la classe, pour qu'ils ne soient pas ignares et deviennent de bons Allemands.

Tandis qu'il parlait, en se balançant dans un grand rocking-chair, les enfants s'étaient rapprochés.

— Ma fille est malade, l'interrompit Friedrich. Je

me rends en ville pour l'emmener à l'hôpital. Peut-être pourront-ils quelque chose pour elle.

— Eh bien moi, répondit Goldschmitt d'un ton qui exprimait à la fois la compassion et la résignation, si chaque fois qu'un de mes enfants est malade, je devais l'emmener à l'hôpital, je n'en finirais pas. De toute façon, je ne pourrais même pas payer les éminents docteurs blancs. Quand ils sont malades, je leur donne de l'aspirine. J'en achète dans les trois kilos par an. Si ça ne marche pas, ma femme les emmène dans les villages et ils reviennent guéris. Je ne sais pas ce qu'ils leur font. Vous voyez, ils sont encore en vie. Comment voulez-vous que je fasse autrement ? Ils sont trop nombreux pour que je m'occupe de chacun d'eux, ajouta-t-il avec un geste théâtral, et vous voyez, ils sont heureux comme des poissons dans l'eau et ont un appétit féroce.

Un petit garçon d'environ six ans sortit de la maison en portant à grand-peine un gros bocal plein de pilules blanches.

— Voici ma pharmacie, s'esclaffa Goldschmitt, et le gamin c'est Adolf. J'aurais mieux fait de lui donner un autre prénom, vous ne trouvez pas ?

En riant, il prit l'enfant dans ses bras et l'embrassa.

— Maintenant je vais vous montrer ce que j'ai appris à cette bande de petits sauvages.

Il plaça deux doigts entre ses lèvres et émit un sifflement aigu. Aussitôt, tous les enfants vinrent se ranger par ordre de taille derrière une ligne blanche, tracée sur le sol de la véranda. Ils se tenaient au garde-à-vous, pieds nus, l'air très sérieux. Surpris et amusé,

Friedrich s'était levé. À ce moment-là retentit un deuxième sifflement et, comme si c'était un signal convenu, les enfants se mirent à piailler en allemand:

– Nous sommes l'espoir de l'Afrique. Nous ne craignons personne d'autre au monde que Papa et Maman.

Goldschmitt se tordait de rire. Très fier, il adressa un signe aux enfants qui se dispersèrent, revinrent vers Friedrich ou disparurent derrière les bananiers; quelques-uns coururent dans la maison pour voir leur mère et la petite étrangère.

– Ils apprendront tout avec moi, ajouta Goldschmitt, je veux que chacun d'eux devienne quelqu'un de bien et j'y arriverai. C'est tout ce que je peux faire. (L'inquiétude pointait dans sa voix.) Le reste, ma femme s'en charge. Ils ne pourraient pas avoir une meilleure mère. Avant de repartir, vous prendrez autant d'aspirine qu'il vous faut. Bon, je vais voir ce que fait ma femme.

La mère des bambins sortit sur la véranda, Gertrud dans les bras, et l'allongea sur une couverture qu'elle avait étalée par terre. Elle s'accroupit et parla à voix basse.

– Cette enfant a été très malade. Elle est encore faible. C'est une belle fille que vous avez là, une enfant vraiment extraordinaire. Comme ses cheveux sont clairs! Comme sa peau est douce! Ses yeux sont comme des étoiles au firmament. Il faut que vous lui parliez beaucoup, quand vous serez de nouveau sur le fleuve. Pour qu'elle sorte de son sommeil. Elle a besoin de vous pour cela, car quand on dort, on est très seul. Et ce n'est pas bon pour elle en ce moment...

Les deux hommes s'étaient tus et les enfants avaient cessé de faire du bruit dès que la femme s'était mise à parler.

Ganse la regarda du coin de l'œil. Je comprends Goldschmitt, pensa-t-il, cette femme est exceptionnelle. Lorsqu'il regarda son compatriote, il vit sur l'imposant visage blanc quelque chose qui ressemblait à de la fierté.

La femme se leva.

— Continuez à lui faire boire le breuvage qu'on vous a préparé au village. Mais ne lui donnez plus de viande, elle est trop salée et ne lui réussit pas. Prenez des bananes, c'est meilleur pour elle et plus facile à digérer. Je vais vous apporter un sac de bananes séchées, c'est bon pour elle. Et... (elle fouilla dans la poche de sa robe), nous lui mettrons cette pierre plate sur le ventre, à même la peau, lorsque vous partirez. Ça lui calmera l'intérieur. Ayez confiance.

Friedrich prit la pierre blanche. Elle avait manifestement remarqué son regard sceptique.

— Il n'y a pas que de la sorcellerie dans ce que nous faisons, dit-elle avec un sourire. La nature a beaucoup de forces et c'est la volonté de Dieu que nous les utilisions.

Friedrich doutait encore. Avait-elle parlé de la volonté de Dieu parce qu'elle s'adressait à un missionnaire ? Le pensait-elle vraiment ? Se trouvait-il ici parmi des chrétiens, des juifs ou des païens ? Pouvait-il proposer à ces gens une prière commune, comme il le faisait lorsque, à la campagne ou à la ville, il rendait visite à des familles noires baptisées? Quelque chose le retenait de le faire.

Les Goldschmitt le raccompagnèrent jusqu'au fleuve. Les enfants les suivaient en se chamaillant. Il estima, d'après la position du soleil, qu'il pouvait naviguer encore deux ou trois heures. Il posa Gertrud à sa place. Goldschmitt serra Ganse contre lui en lui donnant de petites tapes amicales dans le dos.

— Sur le chemin du retour, vous passerez nous voir, dit-il gentiment de sa grosse voix, avec une fille en pleine forme!

Après lui avoir remis un ballot contenant de petites bananes jaunes et un sac, la femme lui tendit la main.

— N'oubliez pas de parler à votre fille!

— Mais, elle dort presque tout le…, protesta-t-il.

— Justement! C'est quand elle dort qu'il faut tenir en éveil ses forces vitales.

Elle se pencha de nouveau au-dessus de Gertrud, l'embrassa et demanda à Ganse la pierre. Elle posa celle-ci délicatement sur le ventre de la fillette, sous sa chemise, et s'assura qu'elle ne risquait pas de glisser.

Les enfants poussèrent la pirogue vers le milieu du fleuve en criant de joie et en se jetant dans l'eau. Peu après, toute la famille, qui lui faisait des signes d'adieu, disparut de son champ de vision. Longtemps encore, il entendit à travers les buissons des rires et des exclamations. Il envia un peu à ces gens leur joie de vivre et leur désinvolture.

Friedrich avait oublié de questionner la femme de Goldschmitt au sujet de la patte de coq. Il entrouvrit la chemise de Gertrud : la patte était toujours autour de son cou. Il lui sembla qu'elle portait une nouvelle encoche, mais il n'en était pas certain.

Chapitre 11

Ils avaient barré le fleuve sur toute sa largeur avec des pirogues. Des centaines de lances étaient dressées vers le ciel, où la lumière du jour déclinait. Friedrich Ganse eut bien du mal à contrôler sa panique face à cette soudaine rencontre. Comme il ramait assis dans le sens opposé à l'avancée de la pirogue, il ne les avait vus qu'au dernier moment. Il avait été tenté de prendre son fusil, mais cela n'aurait pas servi à grand-chose. Il était à leur merci.

L'un des Noirs braquait une carabine sur lui. Lorsque sa pirogue fut suffisamment proche, des mains en saisirent la proue et la hissèrent sur la berge. Ils lui parlèrent, mais il ne comprit pas ce qu'ils disaient. Il n'arrivait pas non plus à savoir s'ils lui voulaient ou non du mal.

— J'emmène ma fille à l'hôpital, elle est malade, vous ne voyez pas?

Il répéta cette phrase en allemand, en anglais, en swahili. C'était comme s'il parlait à un mur. Il était à deux bonnes heures de navigation de chez Goldschmitt. Pourquoi celui-ci ne l'avait-il pas averti? Alors seulement il s'aperçut que les barques étaient pleines de poissons argentés frétillants et qu'elles tiraient des filets de pêche. Il fut soulagé. Peut-être ce barrage n'avait-il pas été dressé pour lui. Il posa la rame et s'essuya le front avant de se lever et de mettre pied à terre. Quelques hommes avaient déjà emporté Gertrud à travers les fourrés. Il l'avait aussitôt perdue de vue, car il était à présent entouré d'hommes qui s'emparaient de ses affaires. Son fusil, qui passa de mains en mains, fit l'objet de nombreux commentaires.

Il y avait beaucoup de vacarme, car ils parlaient tous en même temps. Ces hommes étaient peut-être méfiants, mais Ganse sentait bien qu'ils ne lui voulaient pas de mal. L'un d'eux, le visage tout fripé et la barbe grise, portant plusieurs chaînes autour de son cou décharné, se planta devant Ganse et dit quelque chose, puis lui fit signe de les suivre. Avait-il le choix?

Leur village était à environ cent cinquante mètres de l'appontement. Les maisons, faites de branchages et de paille nattée, semblaient construites depuis peu : les coupes du bois étaient fraîches et la paille n'avait pas encore la couleur foncée que lui donnent les pluies. Sur la place, le sol était creusé comme après une longue période de précipitations, il y flottait une odeur de fumée et de viande grillée, et entre les huttes et les différents feux régnait une activité intense. Friedrich chercha des yeux sa fille, mais les hommes le pressèrent d'avancer; le vieillard aux amulettes marchait à côté de lui.

Il l'entraîna dans une petite hutte ronde, tout en paille. Ganse dut se pencher pour entrer. Une femme très, très âgée était assise dans la pénombre, sur une peau de bête très sale. Tout autour d'elle, par terre, il y avait des chiffons tellement vieux et crasseux qu'ils n'avaient plus de couleur. Un petit feu, où ne brûlaient pourtant que deux ou trois brindilles, répandait dans la pièce une odeur douceâtre. Les seins flasques de la vieille femme pendaient jusqu'à son nombril, elle était chauve et presque édentée. Elle semblait rire toute seule. Friedrich était anxieux, car il n'avait toujours pas revu sa fille. Que se passait-il? Que lui voulaient ces gens? Cet endroit était inquiétant. Il essaya par gestes de demander où était son enfant. Mais la vieille lui fit signe de venir s'asseoir près d'elle. Elle jeta une poignée d'osselets sur les chiffons, observa leur position, puis les ramassa pour les dissimuler soigneusement sous les tissus. Elle dit quelque chose au vieux qui était resté debout devant la porte. Elle parlait d'une voix à la fois rocailleuse et gloussante, en soulignant chacun de ses mots par une inclination du buste qui faisait ballotter ses seins. Tout à coup, la patte de coq surgit dans sa main. Elle l'avait sans doute sortie de sa jupe. À l'aide d'un couteau, elle entailla finement la peau cartilagineuse à deux endroits. Elle travailla lentement, minutieusement, puis admira le résultat. Ensuite, elle tendit le fétiche au vieux en lui faisant toutes sortes de recommandations, puis elle leur fit clairement comprendre, avec des gestes sévères, qu'ils devaient s'en aller. À peine sorti, Friedrich l'entendit entonner une mélodie étrangement douce.

Le vieux prit Ganse par le bras et l'amena devant un feu. Des femmes faisaient griller des brochettes de viande et cuire des légumes dans des casseroles en fonte noire. Il prit un récipient contenant un liquide blanc et le porta à ses lèvres. C'était du lait tout frais. C'est en buvant qu'il se rendit compte à quel point il avait soif, et sa faim se réveillait aussi. Il n'eut pas long-temps à attendre. Tandis qu'il avalait les légumes épi-cés et mordait dans une cuisse de singe, les tam-tam commencèrent à résonner.

La nuit était tombée. Levant les yeux vers le ciel, il lui sembla qu'il ne l'avait jamais vu d'un bleu si foncé et si richement constellé. L'air était agréablement frais. De la forêt lui parvenaient les bruits habituels de la nuit, et dans la lueur des flammes il voyait les corps et les ombres des danseurs et des danseuses vêtus de cuir souple, qui tournoyaient de plus en plus vite pour suivre le rythme. Ils semblaient en proie à une sorte de transe. Friedrich Ganse voyait que l'on remplissait sans cesse les verres avec un liquide contenu dans une cruche. Sans doute de la bière de banane, pensa-t-il. On lui en offrit, mais il refusa. Il en avait pourtant bien envie.

Il prit le parti de ne plus s'inquiéter, il n'avait guère d'autre choix. Il donna un coup de coude au vieillard qui était assis à ses côtés pour lui faire comprendre qu'il voulait dormir. Le vieux le conduisit jusqu'à une hutte ronde. Par la petite entrée, il aperçut une natte en paille et des couvertures. Il ôta ses chaussures et s'allongea. Au son des tam-tam, il sombra dans un profond sommeil.

Il avait rêvé du fleuve. Le vieux le réveilla et atten-dit devant la hutte qu'il soit levé et chaussé. Il faisait encore nuit, mais on voyait dans le ciel les premières lueurs du jour.

Dans le silence du petit matin, ils passèrent devant le feu, où brûlaient encore quelques braises. La forêt elle-même semblait dormir; seuls quelques oiseaux matinaux chantaient timidement.

Près d'un bidon de fer, Ganse enleva sa chemise et fit sa toilette. L'eau, agréable et fraîche, acheva de le réveiller. Il remit aussitôt sa chemise, se disant que le soleil aurait tôt fait de la sécher.

Le vieux, qui était resté près de lui, le conduisit jusqu'à une des maisons, sous la porte de laquelle filtrait un rai de lumière.

Lorsqu'ils entrèrent, les femmes se turent. Il vit une paillasse où était assise une jeune femme qui donnait à manger à Gertrud. L'enfant était réveillée et le regardait. Ses yeux n'avaient plus ce voile effrayant qui lui rappelait toujours qu'elle était gravement malade.

— Elles m'ont dit que j'allais guérir.

La voix de Gertrud n'était qu'un murmure.

Ganse essaya, dans toutes les langues qu'il connaissait, de poser des questions, mais les femmes se contentaient de lui sourire. Le vieux le pressa. Prenant Gertrud dans ses bras, Ganse le suivit jusqu'au fleuve. Les premières lueurs de l'aube scintillaient sur l'eau. Au fond de la pirogue, il y avait ses baluchons. Et son fusil.

Le vieil homme lui montra une calebasse, puis l'enfant.

— Il faut que je boive ça, dit-elle en souriant, lorsque Friedrich la coucha sur sa natte toute fraîche.

L'herbe avait été changée, de même que les feuilles de palmier qui lui donnaient de l'ombre. Ganse se retourna pour remercier le vieil homme avec quelques gestes, sachant qu'il ne comprendrait pas ses paroles.

Le vieux poussa la pirogue en entrant dans l'eau jusqu'à la taille. Il resta longtemps ainsi à les suivre du regard, jusqu'à ce qu'ils aient disparu dans l'épaisseur de la forêt.

Il faisait de plus en plus clair, et en cette partie le fleuve était tranquille. Friedrich s'agenouilla près de Gertrud et souleva sa chemise. La patte de coq était de nouveau à sa place, et la pierre, qu'il avait oubliée, reposait sur son ventre. Il laissa tout en place, sans même s'effrayer de voir des traits bleus et jaunes peints sur la gorge de la fillette.

Gertrud montra du doigt la figure de son père en souriant. Il se pencha au-dessus de l'eau pour y voir son reflet : trois grands traits bleus barraient verticalement son front de la racine des cheveux aux sourcils.

— Tu continues à raconter ? demanda-t-elle, alors qu'il regagnait son banc de nage.

Surpris, il se retourna vers sa fille, qui l'interrogeait du regard. Aurait-elle entendu son histoire, hier, sur le fleuve ?

— À raconter quoi ?

Il était gêné et s'en étonnait lui-même.

— Des histoires de ton père ou bien... Ou bien du cheval.

— De quel cheval ?

– Celui qui est au mur, chez nous. La photo. C'était bien ton cheval…?

– Oui, c'était notre cheval. Il s'appelait Hans. On faisait tous les travaux de la ferme avec lui. Quand nous serons un peu plus loin, je te raconterai ça. Et je te parlerai aussi d'un autre cheval, qui était vraiment le mien, dit-il pour gagner du temps.

Puis il raffermit sa prise sur les rames et accéléra le mouvement. Quand le soleil serait haut dans le ciel, il aurait plus de mal à ramer, alors que maintenant il se sentait encore frais et dispos.

Ils avaient dû dessiner ces traits colorés sur son front la nuit, pendant qu'il dormait. Gertrud allait bien mieux que les jours précédents. Elle avait enfin parlé et repris conscience. Il jeta un coup d'œil dans sa direction. Elle lui souriait.

– Tu n'as plus du tout la même allure qu'avant, dit-elle. On dirait un homme sauvage, avec ta barbe.

– J'arrangerai ça quand nous serons en ville, répondit-il pour la rassurer et se rassurer lui-même.

Mais cela fit rire Gertrud.

– Moi, je voudrais que ce soit toujours comme ça! On va peut-être continuer à descendre et à descendre sur le fleuve et voir tous les villages d'Afrique!

CHAPITRE 12

Le fleuve devenait plus étroit et l'eau semblait couler plus vite. Les berges étaient couvertes d'une végétation dense qui pouvait cacher des hippopotames et des crocodiles. L'eau exhalait une odeur putride. Friedrich scrutait le fleuve avec beaucoup d'attention. La lumière du soleil ne parvenait pas jusqu'à la surface de l'eau à cause des arbres qui assombrissaient tout et formaient une sorte de salle verte, saturée d'humidité. La pénombre pouvait dissimuler maints dangers. Il maintenait la pirogue au milieu du fleuve, hors de portée des félins, des serpents et des insectes qui étaient peut-être tapis dans les fourrés. Son fusil à la main, il s'efforçait de sonder des yeux le mur de verdure, espérant apercevoir à temps le moindre mouvement suspect.

Mais le danger ne vint ni des fourrés ni des arbres. Brusquement, la pirogue se cabra et se coucha sur le côté avec un grincement sourd. Instinctivement, Friedrich se pencha de l'autre côté pour éviter que de l'eau n'entre. Ils étaient bloqués, échoués sur un banc de sable ou un tronc d'arbre coincé au fond. Il descendit prudemment du bateau couché pour le pousser. Il coula, se retrouva la tête sous l'eau et, comme il n'avait pas pied, dut faire un effort pour remonter respirer à la surface. Enfin ses pieds s'agrippèrent tant bien que mal sur le fond gluant. Il avait encore de l'eau jusqu'à la poitrine et essaya en haletant de retrouver son équilibre. Il s'arc-bouta sur le sol qui cédait sous ses pieds. Après quelques vaines tentatives, la pirogue glissa vers l'avant, sa proue s'enfonçant presque jusqu'à la surface de l'eau, et repartit. Friedrich s'agrippa au plat-bord de la pirogue tout en nageant. S'il lâchait, ne fût-ce qu'un instant, il ne pourrait plus jamais la rattraper. Ses tentatives pour se hisser par-dessus bord tournèrent au supplice, car la pirogue penchait dangereusement et menaçait de se remplir d'eau. Il essaya à plusieurs reprises de se jeter avec tout le haut du corps par-dessus le plat-bord pour remonter. En vain. Chaque fois il retombait, et il s'en fallut de peu que ses mains ne manquent le bord lorsqu'il glissa en voulant stopper la pirogue. En désespoir de cause, il continua à nager en essayant de toutes ses forces de pousser l'embarcation vers la berge pour avoir pied. Il lui sembla qu'il luttait depuis des heures lorsque, enfin, exténué, il put attraper quelques branches et souffler. Il était de nouveau debout, avec de l'eau jusqu'au milieu du torse, mais ses pieds qui cherchaient un appui ne trouvaient qu'un sol bourbeux. Sa respiration était sifflante et son visage ruisselant, à cause de l'eau qui dégoulinait de son chapeau. De là, il lui serait impossible de remonter dans la pirogue. Il ne restait plus qu'à chercher un endroit où accoster. Il se déplaça lentement, se tenant aux branches, sa main gauche cramponnée au plat-bord, tandis que de la droite il s'agrippait aux arbustes pour résister au courant. Si seulement il avait pu atteindre l'amarre à la proue de la pirogue, il l'aurait attachée autour de sa taille et aurait eu les deux mains libres.

À chaque pas, il tâtait le fond avec ses pieds, à la recherche d'un sol solide. Le lit du fleuve plongé dans l'obscurité semblait fait uniquement de vase et de bois pourri. Mètre par mètre, il avança ainsi. Sa main gauche, qui tenait le plat-bord, lui faisait atrocement mal. Impossible d'accoster ici, une barrière d'arbustes, d'épineux et de plantes grimpantes interdisait l'accès à la berge. Il devait fréquemment faire des pauses, car ses forces diminuaient, et les crampes dans sa main gauche devenaient insupportables. Il ne se rendit même pas compte qu'il pleurait d'épuisement et commençait à jurer contre le fleuve à voix haute. À présent, il ne pensait ni aux crocodiles ni aux serpents, il voulait seulement que son supplice s'achève.

Combien de temps dut-il se débattre ainsi avant d'apercevoir enfin au loin un endroit où il pourrait amarrer la pirogue et monter sur la berge? À bout de forces, il s'affala sur le dos, l'amarre enroulée autour de sa main ankylosée, et ferma les yeux. Il tremblait de la tête aux pieds, chacun de ses muscles était douloureux, sa main gauche se mit à enfler et, pour la première fois, il se sentit envahi par un profond découragement.

L'eau clapotait sur le bord de la pirogue. Lorsqu'il se releva enfin, sa fille lui apparut dans une sorte de brouillard. Il lui sembla qu'elle était très loin de lui. Blottie ainsi à l'avant du bateau, elle avait l'air vulnérable, perdue. Elle était si petite et si maigre. Elle était couchée sur le côté, le menton sur la poitrine, le teint pâle et transparent comme du verre, des ombres bleues sous les yeux.

Sur la rive opposée, des hérons cendrés étaient debout dans l'eau, les plumes légèrement gonflées par le vent. On les distinguait à peine au milieu des lys blancs. Ils ne s'envolèrent pas lorsqu'il détacha l'amarre attachée aux racines, monta dans la pirogue et la laissa glisser de nouveau dans le lit du fleuve. Il eut fort à faire avec le gouvernail et les rames pour l'empêcher de filer trop vite dans le courant, qui était très vif à cet endroit. Ganse concentra toute son attention sur le fleuve afin d'éviter les petits radeaux de végétation et les bancs de sable. Il n'entendait pas les bruits de la forêt tellement sa tête bourdonnait. Au-dessus de lui, dans les branches, de petits singes noirs criaient. Sautant de branche en branche, ils suivirent la pirogue pendant un moment en vociférant.

Le soleil était au zénith lorsque le fleuve s'élargit et roula enfin des eaux plus calmes. Il y avait quelques trouées dans la forêt. À droite, derrière les arbres qui jalonnaient la rive, il aperçut un peu de savane où broutait un rhinocéros. Des oiseaux blancs picoraient sur la cuirasse écailleuse de son dos.

Ganse, se risquant à laisser la pirogue filer toute seule, ouvrit le baluchon de nourriture et étala son contenu devant lui, sur le banc. Des bananes, de la viande séchée, des mangues, une calebasse pleine de légumes bouillis, et le breuvage de Gertrud.

Affamé par l'effort qu'il venait de fournir, il mangea un peu, adossé au bord de la pirogue, tout en regardant attentivement devant lui. À cet endroit, le fleuve était large et tranquille, il ne risquait rien. Combien de temps avait-il perdu ? Aujourd'hui, une deuxième mésaventure de ce genre lui serait fatale.

Pour ne pas céder au découragement, il se pencha vers sa fille. Son front était frais. Elle ne s'était sans doute pas aperçue des dangers de la dernière heure. Il ne voulait pas la réveiller. Alors il retourna sur le banc de nage, mais laissa la pirogue suivre seule le courant. Assis là, regardant droit devant lui, il se mit à parler, sans s'en rendre compte.

– ... J'aurais dû être paysan, puisque j'étais fils unique... Un fils unique doit toujours reprendre la ferme de ses parents... Mon père avait besoin d'aide et je travaillais beaucoup. Le matin à six heures, on trayait les vaches, ensuite, aussitôt après le petit déjeuner, on attelait le cheval. Ma mère était une femme sage. Elle est morte très jeune, comme tu le sais. Morte d'avoir trop travaillé... (Il ne put s'empêcher de penser à sa propre femme morte, la mère de Gertrud. Il marqua une pause, l'air pensif, mais reprit bientôt son récit, car, dans sa tête, les images du passé se transformaient d'elles-mêmes en mots.) En hiver, nous nous tenions toujours dans la grande pièce, et il fallait déménager tous les meubles pour faire de la place au métier à tisser et au rouet... Qui y file la laine aujourd'hui ? Voilà bien longtemps que je n'ai pas reçu de lettre de mon père. Mon ami s'appelait Charlou, c'était le fils du fermier d'à côté. (Il se tut pendant un bon moment, comme s'il ne savait plus quoi raconter ou comme si d'autres souvenirs l'avaient distrait.) Oui, Hans... C'était un cheval merveilleux, mais mon père ne voulait pas que je le monte. Il disait que Hans devait travailler aux champs tous les jours et que le dimanche était son jour de repos. Il avait raison. Hans avait une robe brun foncé. Sa jambe avant droite était toute blanche jusqu'au genou. Mais tout le reste était brun. Hans aimait beaucoup que je lui apporte des pommes. Je n'avais pas le droit, parce que nous avions besoin des pommes, mais je le faisais quand même. Assez souvent. (Il repensa à l'histoire de l'autre cheval et hésita à se la raconter à haute voix. Mais, comme Gertrud semblait dormir, il continua.) Depuis longtemps, je mettais de côté tout l'argent que je gagnais ou que mon oncle et ma tante me donnaient. J'avais toujours rêvé d'avoir un cheval à moi. J'aimais bien Hans, mais ce n'était pas vraiment mon cheval, mon cheval à moi seul. C'était mon père qui décidait de son sort, pas moi.

Vint le jour de la foire. C'était en même temps la foire aux chevaux. Ça ne se passait pas dans notre village, mais à la ville voisine, Lüchow. Plutôt que de traîner devant les stands ou sur le parquet de la salle du bal, je m'attardais près des chevaux. Je les regardais tous. Les paysans circulaient dans les allées où les bêtes étaient attachées et discutaient, s'arrêtaient pour donner leur avis ou simplement pour admirer tel ou tel cheval.

C'est alors que je l'ai vu. C'était un alezan, brun clair, presque roux. Il avait une bande blanche sur la tête, et ses deux paturons avant étaient blancs aussi. J'ai tout de suite su qu'il me fallait cet alezan, coûte que

coûte… (Le visage de Ganse s'était détendu et il souriait.) Il y a des fois où l'on a la certitude de faire la
bonne chose. Dans ces moments-là, pas la peine de
réfléchir ni de penser aux conséquences. On est obligé
de suivre son instinct. J'ai demandé au marchand le
prix de ce cheval. Il ne coûtait pas très cher, c'était un
alezan encore jeune, trop jeune même pour être
monté tout de suite. Mais ça m'était égal. Je n'avais
que six mois à attendre avant qu'il ait le dos assez
solide pour supporter mon poids. J'avais eu le coup de
foudre pour ce cheval et j'avais cru voir dans son
regard que c'était réciproque.

Mais le prix était tout de même trop élevé pour
moi, mes économies ne suffisaient pas. L'idée que
quelqu'un d'autre allait l'acheter me rendait malade.
J'avais pourtant dix-huit ans, mais j'aurais presque
pleuré tellement j'étais malheureux.

Je suis resté longtemps près de lui à lui caresser la
tête. Il frottait son museau contre mon épaule et me
mordillait la main. Je ne savais que faire. À cet instant,
j'ai vu mon ami Charlou qui passait par là et je lui ai
demandé s'il pouvait me prêter de l'argent. Il n'avait
rien, pas un sou, et il en était désolé. Nous sommes
restés là tous les deux, sans rien dire.

«Tu le veux, hein?» me demanda-t-il.

Je n'eus pas besoin de lui répondre… Sur ce, le
marchand arriva.

«Alors, mon garçon, as-tu assez d'argent, oui ou
non?»

Je haussai les épaules. Il me regarda, l'air pensif, fit
mine de s'en aller, puis revint.

«Combien as-tu?»

Je lui dis la somme que j'avais en poche.

«Tu n'as rien d'autre? Je ne sais pas, moi... deux sacs d'avoine. Ou bien un mouton. À ce moment-là, on pourrait discuter.»

Je réfléchis.

«Ne le vendez pas, je reviens dans une heure. Je vous en donne ma parole.»

Je partis en courant. Il y avait un bon bout de chemin jusque chez ma tante, au moins six kilomètres. Je courus tout le long, j'étais essoufflé comme un chien de chasse, mais ça m'était bien égal.

Ma tante était assise seule dans le jardin en train de tricoter. Je la reconnus de loin à son grand chapeau de paille. Je lui racontai l'histoire du cheval. Elle fronça les sourcils.

«Tu en as parlé à ton père?»

Je fis non de la tête.

«Il ne va pas être très content de ce marché, dit-elle en posant son tricot. (Elle se leva.) Prends la charrette à bras et viens.»

Nous allâmes jusqu'à la grange et elle ouvrit la porte. Je chargeai un sac d'avoine sur la voiture à bras et partis en courant, sans même la remercier, je crois. Même avec la voiture à bras, je courus encore tout le long du chemin, tellement j'avais peur d'arriver trop tard.

Charlou m'avait attendu. Mon cheval était encore attaché au poteau en train de manger du foin. Quand il me vit, il s'ébroua.

Le marchand me regarda d'un air condescendant.

«Eh bien, tu sais, mon garçon, c'est un peu maigre,

je ne vais pas gagner un sou dans cette affaire, crois-moi.»

Il essaya de soulever le sac d'avoine, mais il était trop lourd, il pesait au moins un quintal. Je sortis l'argent de ma poche et le comptai dans sa main.

(Ganse repensait à son bonheur lorsque, le marchand ayant détaché le cheval, il le prit par la bride.)

«Maintenant, il faut qu'on se tape dans la main, m'annonça le marchand, c'est l'usage!»

Ce qui me donna le sentiment d'être vraiment devenu adulte. Et... je me retrouvai enfin seul.

Mon cheval marchait d'un pas à la fois feutré et ferme. Cette façon de poser ses sabots sur le sol, ces muscles qu'on voyait travailler sous la peau, et ce magnifique port de tête!

On aurait dit que le missionnaire revivait ces instants de bonheur qui avaient entièrement changé sa vie. Il ne pensait pas aux conséquences de son acte, il ne pensait qu'à l'odeur de son cheval, à sa robe brillante comme de la soie, à son souffle qui sortait par les naseaux roses, au bruit des sabots sur les pavés lorsqu'il entra dans la cour de la ferme de ses parents pour l'attacher devant la grange.

Il avait soif d'avoir tant parlé et prit une gorgée d'eau dans la calebasse. Gertrud semblait toujours endormie. Son visage lui était à la fois familier et étranger, comme s'il ne l'avait jamais vraiment regardé, ou comme s'il s'était transformé au cours du voyage. Il avait l'air plus adulte.

C'est la maladie, pensa-t-il. Les enfants gravement malades sont souvent comme des adultes, ils comprennent les choses comme les adultes – voire mieux, ils ont une façon particulière de parler et paraissent savoir que bientôt ils ne seront peut-être plus de ce monde.

Il regarda le fleuve et reprit les rames. À la proue du bateau se formaient de petites vagues qui avançaient sur le fleuve tranquille vers la rive.

– Pourquoi tu ne continues pas à raconter?

Il sursauta.

– Tu es réveillée?

– Oui, Papa. Continue. Je voudrais bien savoir ce qui s'est passé après…

Ganse était gêné. Ce n'était pas une histoire à raconter à un enfant. Il chercha un argument pour la dissuader, mais rien ne lui vint à l'esprit et il se tut, embarrassé.

– S'il te plaît, comment l'as-tu appelé, le cheval? Et qu'est-ce qui s'est passé, après?

Il reprit.

– J'ai pris le cheval par le licou et je suis rentré chez moi. Je trouvais le chemin bien long, parce que je commençais à m'inquiéter. À cause de Papa. Plus j'approchais du village, plus j'étais mal. Mon père était tellement sévère…

– Mais pourtant il avait construit la cabane en paille avec toi…

– Oui, c'est vrai, mais nous étions très pauvres, tu sais. Et quand on est pauvre, on ne peut pas faire ce qu'on veut. Les gens pauvres sont souvent des parents sévères…

– Qu'est-ce qu'il a dit, quand il t'a vu arriver?

Gertrud avait maintenant les joues un peu roses et les yeux plus clairs.

— Il n'était pas là quand je suis arrivé. Il était parti voir un voisin. Mais ma mère était là. Elle a tout de suite compris que ce serait difficile et elle s'est mise à pleurer.

«Rends-le, m'a-t-elle dit, sinon, il va y avoir un malheur.»

Je me sentais coupable de la voir si triste et inquiète. J'essayai de la convaincre pour m'en faire une alliée. Puis je me suis buté et décidai que pour rien au monde je n'irais rendre mon alezan.

«Parle à Papa, toi», la suppliai-je. Elle me le promit. Mais cela ne servit pas à grand-chose. Dès son retour, il a vu le cheval et il a compris. Il est entré dans la cuisine, a accroché son chapeau au clou et m'a attrapé par le col de ma veste. Il était furieux, ça se voyait. J'ai pensé un instant qu'il allait me frapper.

«Tu as acheté ce cheval, me lança-t-il, tu l'as fait sans me demander, sans penser que nous n'en avions pas les moyens! Rends-le, revends-le. On n'a pas besoin d'un deuxième cheval. On en a un, c'est bien suffisant! C'est même presque trop pour une ferme aussi petite que la nôtre, tu devrais le savoir!»

J'étais épouvanté et j'avais l'impression que tout à coup ma vie s'assombrissait. Connaissant mon père, je ne me risquais pas à essayer de le calmer ou de le convaincre. Il sortit et j'entendis son pas lourd dans l'escalier.

Ma mère sanglotait doucement.

«Mon petit, mon petit, répétait-elle, qu'as-tu fait?»

Elle essuyait ses larmes avec son tablier. L'horloge sonnait, les mouches couraient sur la nappe, dehors le soleil brillait, mais pour moi il faisait nuit noire. Puis je sentis monter en moi quelque chose que je ne connaissais pas. La colère. Je me levai d'un bond et criai, afin que tout le monde dans la maison m'entende :

« Si je ne peux pas garder ce cheval, je ne resterai pas une minute de plus ici ! »

Je l'ai crié plusieurs fois, de plus en plus fort. Mais personne ne m'a répondu.

Alors j'ai mis ma veste et ma casquette et je suis parti.

Friedrich Ganse se tut. Son visage s'était empourpré. Comme si la colère d'alors était revenue encore une fois. Gertrud ne l'avait jamais vu aussi énervé. Elle regardait, le souffle coupé, le visage de son père, lequel lui semblait presque étranger.

Au bout d'un long moment, elle demanda d'une voix douce, et très prudente :

— Et après ?

Elle ressentit une sorte de pitié pour cet homme qui était assis là, sur le banc de nage, et regardait le fleuve, perdu dans ses pensées.

Il obliqua pour éviter des branches qui flottaient au milieu de l'eau. Pouvait-il raconter cela à sa fille ? Il n'avait pas le choix de toute façon, pensait-il.

— Après je suis parti. J'ai marché toute la soirée et toute la nuit et le lendemain et le jour d'après encore. Je dormais n'importe quand, lorsque je n'en pouvais plus, sous les ponts ou dans les granges Car je n'avais plus d'argent. Quelquefois j'aidais des paysans à la moisson pour pourvoir manger à ma faim, puis je repartais.

Je ne savais pas où aller. Au bout d'une semaine environ, je suis arrivé dans une grande ville. Là je fus obligé de fouiller dans les poubelles pour trouver à manger. Je me lavais aux fontaines ou dans les ruisseaux. Partout je demandais du travail. Il s'est passé longtemps avant qu'un menuisier me prenne chez lui. Au début, je transportais des planches et je balayais les copeaux. C'était un travail dur, mais, au bout d'un certain temps, j'ai gagné assez d'argent pour louer une chambre. C'était une période difficile, car j'étais tout seul.

Gertrud avait l'impression d'avoir devant elle un étranger. Sa mère lui avait raconté que son père venait d'une ferme où vivaient Grand-père et Grand-mère et une sœur de son père, sa tante. Qu'un jour la grand-mère était morte. Et que son père avait fait des études pour devenir missionnaire, et que plus tard Grand-Père avait commencé à envoyer des colis, parce que Friedrich était très pauvre et ne mangeait pas à sa faim, des colis contenant des saucisses et du jambon, et des serviettes tissées à la main, à la maison.

— Il vit encore, Grand-père ?

Ganse sortit de sa rêverie.

— Bien sûr. Nous irons le voir quand nous rentrerons à la maison. Toi et moi. Qu'en penses-tu ?

Gertrud ne savait pas exactement ce qu'il avait voulu dire. Elle se souvenait d'une vieille photo, à Bujora. Sa mère lui avait dit que c'étaient Grand-père et Grand-mère.

Gertrud était fatiguée, maintenant.

Il continua à ramer, rassuré de voir que sa fille avait repris des couleurs. Elle allait mieux. Ils s'arrêteraient bientôt, car le jour tombait. Il décida de continuer encore une demi-heure et se mit à ramer plus fort.

CHAPITRE 13

Peu avant le coucher du soleil, il aperçut un ponton. Sur des pieux enfoncés dans le sol étaient posées des planches noires jonchées de têtes de poissons, de fragments de filets de pêche et d'arêtes blanchies par le soleil.

Friedrich barra dans cette direction et sentit bientôt une très forte odeur. Gertrud dormait. Avant de débarquer, il ôta son chapeau et sa chemise mouillée, qu'il lava du mieux qu'il put. Il était debout dans le fleuve, de l'eau jusqu'aux genoux. Son visage, son cou et ses bras étaient couverts de piqûres, mais il n'y prêtait pas attention. Ses plaies aux genoux cicatrisaient mal, la chair à vif avait pris une couleur blanchâtre. Mais il ne vit pas d'inflammation. Il se ferait soigner dès que possible.

Il essora sa chemise et son chapeau et les remit pour se protéger des moustiques qui, dans le crépuscule, s'agglutinaient autour de lui. Sa main droite n'avait pas l'air plus enflée que tout à l'heure.

Le bain l'avait rafraîchi. Il prit doucement sa fille dans ses bras, lui posa la tête sur son épaule et attrapa son fusil. Alors seulement vint lentement à sa conscience la pensée qu'il aurait pu très facilement perdre la pirogue. Et son enfant.

Lorsqu'il se mit en route, cherchant le chemin qui menait au village, ses genoux se mirent à trembler d'épuisement. La forêt était peu dense à cet endroit, et le sentier apparemment très fréquenté. Ce devait être un village de pêcheurs. Comme la nuit tombait, il pressa le pas.

Ils semblaient surgis de nulle part, ces Noirs armés de grandes lances qui soudain l'entourèrent. Des hommes à moitié nus sortaient des buissons, toujours plus nombreux. Les deux camps s'observaient en silence, sans animosité, mais avec étonnement et curiosité. Ce Blanc ne disait rien et ne semblait pas vouloir se servir de son arme. Un homme redevenu sauvage, un homme blanc redevenu sauvage, qui portait des vêtements mouillés et, dans les bras, un enfant délicat, mort ou endormi. Les Blancs ne venaient jamais seuls, mais avec des bateaux à moteur et des tas d'armes. Les Blancs ne voyageaient pas en pirogue avec un enfant dans les bras.

Kaguma, le chef, s'approcha et dit quelque chose à Ganse. Celui-ci ne sembla pas comprendre et posa à son tour une question dans une langue que Kaguma et les siens ne comprenaient pas. Maintenant, ils parlaient tous en même temps. Ganse finit par les suivre.

Il aperçut de la lumière à travers les arbres et les fourrés. Kaguma marchait à côté de lui. Les bruits du village se rapprochaient; enfin ils arrivèrent sur une place dépourvue d'arbre, dont le sol bien damé était soigneusement balayé. Il vit l'emplacement d'un feu rigoureusement délimité par des pierres. Les flammes éclairaient les façades des maisons, dont les murs étaient en bois et en terre, le toit en paille et en tôle ondulée. Quelques-unes de ces cases avaient des fenêtres vitrées et des portes entourées de vraies huisseries, comme Ganse n'en avait vu qu'en Europe. Certaines maisons étaient magnifiquement peintes : des carrés, des courbes et de curieux dessins bleus, rouges et noirs. Le missionnaire n'en avait jamais vu de semblables.

Où suis-je tombé ?

Il n'eut pas le temps de se poser plus de questions. L'homme qui l'accompagnait le mena jusqu'à une grande habitation à un étage dont les fenêtres étaient éclairées. Il fut aveuglé, en entrant, par la lumière vive d'une lampe à pétrole.

Il se trouvait dans une vaste pièce meublée : deux tables, des chaises, une bibliothèque, une armoire et un lit recouvert d'un tissu chamarré. Des tableaux étaient accrochés au mur, mais il n'en voyait pas les détails. Le sol, en terre battue bien lisse, était parfaitement balayé.

Une jeune femme se leva de la table. Grande et habillée d'un pagne élégamment drapé autour de son corps et de ses épaules. Elle parlait d'une voix très assurée. Il y avait quelque chose de particulier chez elle, mais le missionnaire n'arrivait pas à savoir quoi. Elle posa une question. L'homme qui accompagnait Ganse répondit.

Elle portait des lunettes !

Le plus naturellement du monde, elle avança vers Ganse et lui prit l'enfant des bras. Elle déposa Gertrud sur le lit, toucha son front et lança un ordre à Kaguma qui attendait. Le Noir quitta la pièce pour revenir aussitôt, accompagné de deux femmes. Toutes trois se consultèrent. Friedrich vit la grande femme extraire délicatement la patte de coq de la chemise de Gertrud, et elles l'examinèrent attentivement. Elles avaient visiblement pris une décision, car la grande femme sortit de l'armoire des bouquets de plantes séchées. Plusieurs hommes apportèrent un baquet d'eau chaude qu'ils posèrent à côté du lit, tandis que les femmes déshabillaient l'enfant et la mettaient dans le bain.

Gertrud sortit de son profond sommeil. Elle regarda la lumière, les visages noirs des femmes autour d'elle, elle sentit leurs mains chaudes sur son corps, puis l'eau chaude qui lui faisait du bien. Elle ferma les yeux, les rouvrit, pour être sûre qu'elle ne rêvait pas. Elle sourit...

À quelques pas de là, son père observait la scène, décontenancé. On s'occupait de sa fille. Il en éprouva un grand soulagement.

La femme à lunettes sécha Gertrud et donna aux autres des instructions. Puis, sans interrompre ses gestes, elle demanda à Ganse :

— D'où venez-vous ? Que faites-vous dans la forêt ?

Elle avait parlé en anglais. Ganse crut avoir mal entendu.

— Nous allons à la ville. Ma fille est malade, je dois l'emmener au plus vite à l'hôpital. J'ai laissé mon bateau au ponton et j'aimerais passer la nuit ici. Ma fille ne doit pas passer la nuit sur le fleuve.

— Nous allons nous occuper d'elle. Vos vêtements sont trempés, que vous est-il arrivé ?

— Nous avons eu un problème et j'ai dû me mettre à l'eau pour pousser la pirogue.

Il raconta sa mésaventure.

— On appelle ce passage l'Enfer vert, dit-elle en riant. Ça aurait pu vous être fatal, avec tous les crocodiles qu'il y a à cet endroit.

— Je n'en ai pas vu.

— Vous avez eu de la chance. Vous pouvez remercier Dieu de s'être montré aussi miséricordieux. Le fleuve grouille de crocodiles, d'hippopotames et de serpents d'eau, là-bas. Qui êtes-vous ?

— Je suis missionnaire à Bujora, en amont du fleuve, à quatre jours d'ici. J'espère arriver à l'hôpital demain.

— Vous pourrez atteindre la ville demain, affirmat-elle en enveloppant la fillette dans un linge blanc qu'elle avait sorti de l'armoire.

Ensuite elle puisa dans une calebasse un onguent marron dont elle enduisit très doucement la poitrine de Gertrud, sans cesser de lui parler dans sa langue. On aurait dit qu'elle lui posait des questions, qu'elle plaisantait et lui racontait des histoires drôles. Enfin elle s'accroupit, prit les mains de Gertrud et chanta.

Elle chantait une berceuse anglaise. Sans faute et sans aucun accent. Sa voix était pleine, profonde et tendre. Ganse était trop étonné pour poser des questions, et totalement pris par la scène.

Allongée sur le dos, Gertrud avait écouté attentivement.

— Comment connais-tu cette chanson ? demandat-elle. Je ne l'ai jamais entendue.

– C'est ma mère adoptive qui me l'a apprise. Elle m'en a appris beaucoup d'autres. De très belles chansons.

– Tu es allée en Europe?

– J'y suis née, mais j'ai grandi ici, en Afrique. Et tu sais, maintenant je vis ici, comme toi.

Des femmes entrèrent à ce moment-là, les bras chargés de plats fumants. La femme à lunettes souleva la tête de Gertrud et la cala contre un de ses genoux, afin qu'elle puisse manger. Ensuite, elle ne s'occupa plus que de cela: faire manger Gertrud.

Ganse brûlait d'envie de poser des questions, mais Kaguma lui saisit le bras et l'entraîna au-dehors. Dans la maison voisine, qui était plus petite que celle de la femme noire, et éclairée tant bien que mal par des bougies, on avait préparé pour lui un vieux pantalon et une chemise. Il fut bien content de pouvoir enfiler des vêtements secs. Kaguma l'emmena ensuite devant le feu, autour duquel étaient assis les hommes. Ils avaient posé leurs lances par terre. Ils lui tendirent, posées sur des feuilles de bananiers, des racines de yucca bouillies et un morceau de viande dégoulinant de graisse. Il mangea comme les autres, assis sur une peau de bête, dans une odeur de fumée et de viande grillée. Il vit, sur l'herbe, les peaux humides et les têtes sanguinolentes des animaux tués à la chasse. Tout cela servirait, il le savait.

Dans la forêt toute proche, il entendait chanter des milliers de cigales. Des papillons de nuit et des coléoptères tournoyaient autour du feu. Il entendit aussi un brouhaha: une centaine d'hommes et de femmes s'approchaient du feu et semblaient discuter entre eux pour apprendre qui était cet hôte singulier.

Comment une femme parlant une langue européenne sans le moindre accent était-elle arrivée dans ce village en pleine jungle?

Elle s'était approchée du feu et le regardait manger. Il se lava les mains pour les débarrasser de la graisse et des restes de nourriture, après quoi ils allèrent dans sa maison. Elle lui servit une tasse de thé sucré et se mit à parler, à voix basse pour ne pas déranger l'enfant. Gertrud dormait sur le lit, bien couverte. Elle avait la tête inclinée sur le côté, et ses petits poings ramenés sous son menton. Son teint était frais et rose.

– Vous vous demandez sûrement comment il se fait qu'une Africaine maîtrise à peu près correctement l'anglais? Mais parlons d'abord de votre fille, Gertrud. C'est bien son nom? Elle est presque guérie. Elle a eu une grave infection, généralement mortelle. On peut la soigner avec des médicaments, mais vous savez comme moi qu'ils arrivent rarement jusque dans les villages africains. Nos propres guérisseurs sont souvent impuissants devant cette maladie parce qu'ils ne la décèlent que lorsqu'elle est déjà à un stade avancé. On vous a bien conseillé en vous envoyant à la ville. Ce voyage sur le fleuve a fait le plus grand bien à votre enfant. Vous avez fait exactement ce qu'il fallait, sinon elle serait depuis longtemps passée de l'autre côté. Vous êtes un bon père... Peut-être... (Elle hésita et sourit.) Peut-être devriez-vous en effet la faire examiner à l'hôpital, mais elle n'est plus en danger, c'est certain...

— Elle a beaucoup changé depuis notre départ de Bujora. Elle allait mal, sacrément mal. J'ai souvent cru qu'elle était morte. Pourquoi dites-vous que j'ai fait exactement ce qu'il fallait?

— Parce qu'elle est en vie, c'est tout. C'était peut-être une bonne chose que de faire ce voyage avec elle. Et c'était certainement une bonne chose que de lui parler au fil du fleuve. De lui parler de vous. C'est ce qu'elle m'a dit. C'était sans doute cela, le plus important pour elle pendant ce voyage : ne pas se sentir seule. Vous savez, sa vie était comme une petite flamme mourante. Elle avait besoin de beaucoup d'attention et d'amour pour ne pas s'éteindre. Et de mains protectrices. C'est vous qui l'avez maintenue en vie.

— Certainement pas en lui racontant mes histoires...

Il la regarda avec un sourire dubitatif.

— Non, mais en engageant le combat à ses côtés. Vous lui avez donné ce dont elle avait besoin. Peut-être la petite fille n'avait-elle jamais senti son père aussi proche, aussi aimant, aussi inquiet pour elle. Il y a des moments dans la vie où l'on a besoin de quelqu'un pour soi tout seul. Où est sa mère?

— Elle est décédée, il y a quelques jours. Quand je suis rentré de voyage, elle était morte, et Gertrud mourante. Je suis parti tout de suite. Les gens de mon village avaient tout préparé.

La femme lui adressa un regard plein de compassion et de chaleur.

— C'est terrible, murmura-t-elle.

Ils se turent.

— Vous êtes fatigué? Cela n'aurait rien d'étonnant après cette journée sur le fleuve.

Ganse dit que non. Il voulait en savoir plus sur la vie et le destin de cette femme. Cela lui ferait du bien de parler à quelqu'un après ces jours de solitude.

Tandis qu'elle faisait à nouveau du thé, ses pensées virevoltaient dans sa tête. Non, il ne se sentait pas coupable d'avoir consacré si peu de temps à sa fille, à Bujora. Mais ce petit être allongé à deux mètres de lui, qui respirait tranquillement, lui appartenait maintenant d'une autre façon... Sur le fleuve, déjà, il avait senti que quelque chose avait changé.

Curieuses pensées qu'il avait là. Pourquoi cette femme lui avait-elle dit tout cela?

Ses idées se mêlaient dans son esprit aux paroles de cette femme noire, qui était maintenant assise face à lui et remuait son thé.

— Je m'appelle Anna Brauckman, mais ici, en Afrique, c'est un nom trop bizarre, vous ne trouvez pas? Alors, ici, je m'appelle Anima. Ça ressemble à Anna et ça me plaît autant. Je suppose que mes parents ne sont plus de ce monde, mais je n'en sais rien. Vous avez probablement entendu dire que, jusqu'au début de la Première Guerre mondiale en Europe, des Africains et des hommes d'autres ethnies étaient montrés sur les champs de foire. Certains y allaient de leur plein gré pour gagner de l'argent, d'autres y étaient emmenés de force. Mon père, qui était natif de ce village, faisait partie, avec ses quatre femmes, d'une troupe comme celle-là. J'ignore s'il l'avait voulu ou non, mais au fond ça ne change pas grand-chose. Ils ont dû traverser toute l'Europe. Quand une de ses femmes accouchait, comme elle ne pouvait pas emmener l'enfant, mon père cherchait une famille adoptive. C'est ce qu'il a fait pour chacun de ses enfants, et j'ignore combien il en a eu en tout. Apparemment, il choisissait avec soin les gens à qui il confiait ses rejetons... C'était là tout ce qu'il pouvait faire pour nous. (Elle s'arrêta un instant et sourit.) Ça n'a pas dû être facile pour ma mère et mon père de se séparer ainsi de leurs enfants. Mais, dans ce monde étranger qu'était pour eux l'Europe, ils n'avaient pas le choix. J'ai été confiée, à Liverpool, à des gens très croyants, les Brauckman, un couple qui ne pouvait pas avoir d'enfants. Ils étaient missionnaires et s'apprêtaient justement à partir au Tanganika. Ils m'ont emmenée; j'étais encore un nourrisson. J'ai vécu avec eux au nord du pays, dans les environs d'Arusha, jusqu'à vingt ans, l'âge où j'ai obtenu mon diplôme d'infirmière.

— Et votre père?

— Personne ne sait ce qu'il est devenu et je ne le saurai sans doute jamais. La troupe est allée en Russie avant le début de la guerre, et là, dans le tourbillon de la guerre et de la révolution, qui sait... Tout ce dont je suis sûre, c'est qu'il n'est jamais revenu au Tanganika avec ses femmes. Les Brauckman étaient de braves gens que j'ai toujours bien aimés. Peut-être les reverrai-je un jour.

— Pourquoi êtes-vous venue vous installer justement dans ce village?

— J'avais le mal du pays. Je me sentais de plus en plus étrangère parmi les Blancs auxquels j'avais affaire.

Pourtant ils étaient très gentils avec moi, ils m'ont élevée comme leur propre fille. Ils étaient tristes quand je leur ai dit que je voulais partir, ils ont essayé de me convaincre de rester. Mais ma décision était prise. Mes parents adoptifs n'ont eu aucun mal à retrouver le village natal de mes parents biologiques. Ils connaissaient le nom de mon père et savaient qu'il était originaire du Tanganika. Tout était enregistré au bureau colonial de Dar es-Salaam. Maintenant, je suis à la fois institutrice et infirmière ici.

Tout en continuant à parler de choses et d'autres, Anima en revint imperceptiblement à lui et l'amena à dire d'où il venait, comment il vivait en Allemagne, pourquoi il était devenu missionnaire en Afrique – et comment on se sentait appelé par Dieu à remplir une telle mission. Ganse commença à se raconter, d'une voix hésitante. Il n'avait pas l'habitude de répondre à ce genre de questions. Mais la façon qu'elle avait de le regarder et la délicatesse avec laquelle elle le questionnait l'encouragèrent et effacèrent son appréhension initiale.

Ils parlèrent jusqu'à une heure avancée de la nuit, jusqu'à ce qu'Anima l'envoie se coucher. Il fallait qu'il dorme quelques heures s'il voulait arriver à la ville le soir même.

Ganse se rendit dans la maison voisine, où brûlait une bougie. Ses vêtements, secs et soigneusement pliés, étaient posés sur son lit.

CHAPITRE 14

Il n'avait pas dormi dans un vrai lit depuis bien long-temps. Lorsque, dès les premières lueurs de l'aube, Anima ouvrit la porte, il se réveilla en se demandant où il était. Très lentement, le jour naissant prit la place de ses rêves.

Il montra à Anima ses plaies aux genoux. Elles ne suppuraient pas. Anima les entoura d'un pansement léger qui ne le gênerait pas et lui demanda comment il s'était blessé. Elle le pressa ensuite de se mettre en route. La place du village était encore déserte. Il vit arriver sans bruit Kaguma, qui portait un baluchon et son fusil.

Ils allèrent chercher Gertrud. Elle était réveillée. Anima la prit par la main et Gertrud posa doucement les pieds par terre. La fillette se mit debout. Friedrich retint son souffle, prêt à la rattraper lorsqu'elle tombe-rait, mais Anima lui fit faire trois pas et revint avec elle jusqu'au lit.

— Ça suffira pour aujourd'hui, dit-elle en riant et en regardant Ganse qui n'en croyait pas ses yeux. Elle sera bientôt remise sur pied, croyez-moi. J'irais volontiers jusqu'à la ville avec vous, mais vous n'aurez pas besoin de moi, là-bas. Vous n'avez plus qu'une journée de voyage. Viendrez-vous nous voir au retour ?

Le missionnaire n'avait pas encore osé penser au retour. Le retour. Il n'y arriverait pas tout seul. Sans aide, il lui faudrait au moins quinze jours, en ramant avec acharnement, pour remonter le cours du fleuve. Et qu'est-ce qui l'attendait à Bujora? Une tombe, une maison vide, des gens aimables mais non christianisés et non baptisés. Aurait-il encore envie d'y vivre? Il faudrait bien qu'il prenne une décision. Mais pas maintenant.

— Quand nous remonterons le fleuve, nous viendrons vous voir, dit-il en restant vague.

Ils étaient au bout du village. Une fumée bleue s'élevait dans le ciel de plus en plus clair, des hommes sortaient des maisons pour regarder dehors, se laver dans des baquets, s'étirer ou ranimer le feu. Des jeunes gens s'apprêtaient déjà à la chasse, inspectant leurs lances et leurs fusils. Des rires. Quelqu'un disparaissant furtivement dans les buissons. Des femmes travaillant au potager, certaines avec leur bébé sur le dos. La journée commençait.

Ayant installé son enfant dans la pirogue, Ganse se tourna une fois encore vers Anima et Kaguma.

— Que signifie cette patte de coq?

Anima rit.

— J'aurais dû m'en douter, de la part d'un missionnaire. La patte de coq a une signification très «africaine». C'est grâce à elle que chaque village où vous vous êtes arrêtés a appris au suivant de quoi souffrait votre fille. Nous appelons cette maladie la «mort du coq», parce que les gens qui en sont atteints se recroquevillent sur eux-mêmes comme un poulet malade. Ils s'étiolent, dorment beaucoup, ne veulent plus manger et perdent le contact avec la réalité. Et il devient alors très difficile de leur redonner le courage de vivre. Une fois la crise passée, quelqu'un a fait deux grosses entailles dans la patte de coq. C'était vraisemblablement cette nuit-là qu'on vous a peint, à vous et à Gertrud, des marques bleues sur le front, le bleu apaise.

Elle rit de nouveau.

— Ils ne pouvaient pas rédiger un rapport médical. La plupart de nos guérisseurs ne savent pas écrire et personne ne sait lire.

— J'ai pris tout ça pour de la sorcellerie.

— Eh bien, ça a peut-être à voir avec la sorcellerie, qui sait? En Afrique, les choses ont toujours plusieurs significations, vous devriez le savoir depuis le temps que vous y vivez.

En prononçant ces derniers mots, elle le regarda comme si elle voulait savoir ce qu'il en pensait. Mais Ganse, embarrassé, ne répondit rien.

— Tenez-vous toujours près de la rive droite, comme ça vous ne risquez pas d'être emporté par les rapides. Vers midi, quand il commencera à pleuvoir, le courant sera plus fort. Arrêtez-vous et mettez-vous en sûreté sous un arbre. Quand vous reviendrez nous voir, nous organiserons une grande fête en votre honneur, n'oubliez pas!

Kaguma détacha l'amarre du bateau. Friedrich Ganse avait enfoncé son chapeau sur sa tête et regardait le fleuve. Gertrud fit signe à Anima et Kaguma, jusqu'à ce qu'elle ne les voie plus.

Sur l'eau, la matinée était pleine de fraîcheur, et comme la végétation qui recouvrait les berges n'était pas très haute, on voyait loin. À l'horizon, Ganse apercevait des montagnes dont les sommets étaient encore coiffés de brume. Il pensa aux rapides et maintint plus fermement le gouvernail.

La masse d'eau que fendait la proue était devenue énorme, impressionnante. Il se sentait tout petit et vulnérable dans ce bateau, avec son enfant. Suivant le conseil d'Anima, il se tint sur la rive sud du fleuve et scruta attentivement la surface de l'eau afin d'y déceler le moindre changement. Gertrud était assise. Elle avait écarté les palmes de son dais pour se pencher au-dessus de l'eau. Des feuilles de toutes couleurs filaient le long de la pirogue. Elles s'accrochaient un instant aux cheveux de la fillette dès qu'ils touchaient la surface de l'eau, puis s'en détachaient et continuaient leur course.

Soudain elle se mit à parler.

— Quand Maman ne bougea plus et ne répondit plus, je suis allée prévenir les gens du village.

— Oui, je sais.

— Deux femmes et le sorcier sont venus avec moi. Ils m'ont tout de suite mise au lit et m'ont donné quelque chose à boire. Une des deux femmes est restée près de moi. Elle m'a parlé toute la nuit et elle a épongé mon front. Ils ont fait chauffer des herbes qu'ils ont posées sur ma poitrine, plusieurs fois. Ils m'ont dit que Maman dormait, mais moi je savais qu'elle était morte. Dehors, quelqu'un veillait toutes les nuits... Après, je t'ai attendu. Je leur demandais tout le temps quand tu allais revenir et ils m'ont rassurée, jusqu'à ce que tu arrives. La deuxième nuit aussi, une femme est restée avec moi. J'étais si soulagée de ne pas être toute seule.

Vers midi, il se mit à pleuvoir légèrement, puis de plus en plus fort.

— Je dois encore aller à l'hôpital, Papa?

— Je ne sais pas, je ne suis pas docteur. Mais il vaut mieux qu'ils t'examinent. Tu as été gravement malade et je ne sais pas si tu es déjà complètement guérie.

À ce moment, il s'aperçut avec horreur qu'il n'avait pas d'argent. Impossible d'en emprunter. Il ne connaissait personne dans cette ville. Il se redressa et sa fille lut l'angoisse dans ses yeux.

— Que se passe-t-il, Papa?

— Rien, rien.

Cette soudaine inquiétude fit naître en lui un autre sentiment, qui, lentement, prit possession de lui.

Ganse regarda sa fille sans dire un mot, bouche bée, puis il esquissa un sourire.

— Ah, rien de grave. Je viens juste de penser que, dans un hôpital européen, il faut de l'argent et que je n'en ai pas sur moi. J'ai tout laissé à Bujora.

Elle dévisagea son père, désemparée et inquiète. Il avait lâché le gouvernail, s'était levé et se tenait maintenant debout dans la pirogue, jambes écartées. D'un geste théâtral, il montra ses poches vides et éclata de rire. Il montra ses mains vides et rit encore plus fort. C'était un rire rocailleux, que Gertrud ne lui connaissait pas. Puis il ôta son chapeau et frappa dessus.

– Rien! (Il hurlait sous la pluie.) Rien dans les poches, rien dans le chapeau, rien dans les mains... Comme les oiseaux du ciel... Et nous flottons tous les deux sur un fleuve d'Afrique pour aller je ne sais où...! Que pourrait-il encore nous arriver?

Il brandit les poings comme il le faisait lorsqu'il prêchait avec passion, toujours secoué par ce rire rocailleux, la tête rejetée en arrière, la bouche grande ouverte, il gesticulait comme un fou...

Brusquement il s'arrêta, tomba à genoux, rampa jusqu'à Gertrud et la prit dans ses bras. Il craignait de l'avoir effrayée avec son fou rire. Lorsqu'il sentit la chaleur de sa peau et la douceur de ses cheveux sur son visage, et son odeur, une odeur céleste, il aurait voulu pleurer. Ils restèrent longtemps ainsi, blottis au fond de la pirogue, silencieux, l'homme et l'enfant qui caressait les cheveux ébouriffés de son père.

– Tu étais très heureux, à l'instant, dit-elle doucement. Je ne t'avais jamais vu avec cet air-là.

Il ne répondit rien.

– On a peu de moments de bonheur pareils dans la vie, dit-il enfin en regardant avec inquiétude le ciel qui s'assombrissait, et parfois on ne s'aperçoit qu'après qu'on était heureux. Alors il n'en reste que le souvenir.

– Tu l'as déjà été, avant?

Il se tut encore, dégagea doucement sa tête des bras de sa fille et regarda la surface de l'eau.

– Les moments où j'ai été heureux ont toujours été très simples, tu sais...

Il eut un rire timide. Il pensa à son amitié avec Usimbi, le roi, qui l'avait rempli de bonheur, et cela n'avait rien à voir avec le fait qu'Usimbi fût roi. Il se remémora aussi des moments de son enfance, des scènes, des images, des odeurs du passé.

Puis il se souvint de ce jour où, à Gênes, sur le toit du Foyer allemand pour les marins, il avait joué à la trompette des airs populaires, au coucher du soleil. Les Italiens s'arrêtaient dans la rue, applaudissaient à la fin de chaque morceau et en réclamaient un autre. Une foule assez importante était déjà rassemblée lorsqu'il avait joué sa mélodie préférée, *Der Mond ist aufgegangen*. Quelques larmes avaient roulé sur ses joues. Il revit, à ses pieds, le Campo Santo, les oliviers noueux, les chênes rouvres et la mer dorée. Quand on y réfléchit bien, se dit-il, le bonheur nous vient toujours des hommes et non des rêves qui alimentent nos désirs.

Il se leva en silence, regagna son banc et reprit les rames. Il ne regarda pas sa fille et fut content qu'elle ne lui posât pas d'autres questions.

Un énorme grondement, qui s'amplifia de plus en plus, les fit sursauter. Sur la rive nord du fleuve, l'eau bondissait par-dessus des rochers. Les rapides ! Ganse maintint la pirogue au plus près de la berge. Il espérait ainsi éviter le danger. Encore quatre ou cinq heures et ils seraient en ville. Maintenant, la pluie se déchaînait, violente, cinglante.

La tempête était arrivée sans crier gare, poussant devant elle une énorme masse de pluie. Comme sous l'effet d'une colère incontrôlable, elle tombait en tourbillons violents, soulevant par endroits l'eau du fleuve et enveloppant la pirogue d'un nuage de gouttelettes.

Ganse s'approcha encore de la rive, cherchant un arbre sous lequel s'abriter. Impossible, à cet endroit, d'accoster. Il était trempé jusqu'aux os. Il lança à Gertrud son chapeau, lui criant de le mettre. Elle disparut sous la cloche de feutre trempé mais encore étanche.

Il trouva un emplacement à peu près abrité. Il faisait presque noir sous les branchages qui pendaient jusqu'au sol. Il amarra la pirogue à l'une des branches, s'accroupit près de Gertrud et essaya de la protéger de la pluie avec ses bras et son corps. Il tira vers lui la valise en osier et la glissa sous eux afin qu'ils aient – avec un peu de chance – des vêtements secs à mettre après la tempête. La pluie tombait si dru que la surface de l'eau était parsemée de clochettes d'eau et que la rive opposée était pratiquement invisible. Le fleuve tirait sur la pirogue, et la branche à laquelle elle était attachée ployait de plus en plus. Mais elle tenait bon. Ils devaient crier pour s'entendre, tant le concert du vent et de la pluie était assourdissant. Ils se tenaient enlacés, grelottant dans leurs vêtements mouillés.

La tempête cessa aussi abruptement qu'elle avait commencé. Tous deux se relevèrent et se regardèrent.

Gertrud ôta sa chemise, que son père essora. Dans la pirogue, il y avait de l'eau jusqu'à la hauteur des chevilles. Il prit une calebasse pour écoper. Le soleil fit une apparition. Ils étaient tout joyeux et décidèrent de prendre leur déjeuner dans cette caverne de verdure.

Gertrud se promit de ne jamais oublier cette demi-heure de déluge. Elle se creusa la tête pour savoir comment faire.

CHAPITRE 15

Elle regarda son père du coin de l'œil. Il avait une expression gaie, mais ne riait pas. Il scrutait attentivement le fleuve. Leurs vêtements avaient vite séché. La chaleur les libérait de leur engourdissement, la fillette était soulagée que son père ait de nouveau l'air heureux, qu'ils puissent reprendre leur route et que le soleil brille.

Pendant un long moment, elle n'osa pas lui poser de question. Mais, n'y tenant plus, elle rassembla son courage et dit:

— Papa, tu m'entends?

L'espace d'un instant, il sembla ne pas savoir où il était. Puis il sourit.

— Qu'est-ce qu'il y a?

— J'ai quelque chose à te demander.

— Eh bien, vas-y.

— Est-ce qu'on va retourner à Bujora?

Il garda longtemps le silence. Puis, sans lever les yeux, il dit:

— Je ne sais pas. Nous verrons ça quand tu seras guérie, complètement guérie.

Elle n'était pas satisfaite de sa réponse.

— Où irions-nous, sinon? Chez grand-père?

— Nous lui rendrons visite un jour, c'est certain. Mais je ne suis plus fermier et nous ne pourrons pas rester là-bas.

— Pourquoi tu n'es plus fermier?

— Parce que j'ai un autre métier, maintenant. Je suis instituteur et missionnaire, tu le sais bien!

— Et ça veut dire que tu ne peux plus être fermier?

— Oui. Enfin non. Mais pour être fermier, il faut avoir une ferme. Et la nôtre est habitée maintenant par tante Cornelia et oncle Mathias. On pourra leur rendre visite aussi souvent qu'on voudra. Tu apprendras avec eux tout ce que doit savoir une fermière. Ou bien nous les aiderons au moment des moissons. Mais je ne pourrais pas travailler là toute ma vie.

— Alors on retournera à Bujora!

— Oui, peut-être.

Il ne savait pas de quoi l'avenir serait fait. Non pas que cette pensée l'angoissât, mais il voulait d'abord en finir avec ce voyage. Le reste viendrait après. Il savait en son for intérieur que ce serait une autre vie. Il n'aurait pas pu dire exactement ce qui avait changé, car il s'était passé trop de choses pendant ces cinq jours sur le fleuve.

— Nous en reparlerons quand tu auras été examinée à l'hôpital. Dieu saura nous guider.

Gertrud était mécontente, sans savoir exactement pourquoi, mais elle ne dit rien et laissa traîner sa main dans l'eau. Elle voulait retourner à Bujora. Comment serait la vie là-bas, seule avec son père? Elle voulait aussi aller voir son grand-père pour savoir ce que ça faisait de s'asseoir avec lui et le chien Ruisseau près des petits bouleaux. Peut-être la petite cabane en paille était-elle encore là...

Des huttes et des maisons apparurent sur des collines, à l'ombre des palmiers, des acacias, des banians, des eucalyptus, des manguiers.

Friedrich Ganse se sentit envahi par une intense satisfaction, qui s'amplifiait à chaque seconde. Il avait réussi, il avait amené son enfant saine et sauve à la ville. Était-ce là la grande action dont il avait secrètement rêvé pendant toute sa jeunesse? Il n'avait pas le sentiment d'être un héros, mais il ne s'était jamais senti aussi près de la vie que ces derniers jours.

Une autre pensée l'obsédait tandis qu'il passait lentement devant les maisons aux toits rouillés: il fallait qu'il parle à sa fille de la mort de sa mère. Comment parle-t-on de la mort à un enfant? Que peut-on lui expliquer? Il fit un retour sur son passé. Eva n'avait jamais été heureuse, en Afrique. Bujora était un endroit bien solitaire pour une femme qui aime avoir du monde autour d'elle. Les missionnaires les plus proches habitaient à un jour de marche de Bujora. La solitude de sa femme l'accablait de plus en plus. Eva était restée avec lui parce qu'elle l'aimait, mais elle n'était pas heureuse. Qu'aurait-il pu faire pour elle? Et ce n'était pas là le seul souci de Friedrich...

Gertrud le tira de ses réflexions.

– Maman m'a dit que tu étais souvent triste parce que les gens de Bujora ne voulaient pas être baptisés...

– Elle t'a dit ça?

– Elle me l'a dit une fois. C'est vrai que tu étais triste à cause de ça?

Comment expliquer cela à un enfant?

– Ça n'a plus tellement d'importance, maintenant. Je ne suis plus triste à cause de ça.

À une époque, en effet, il ruminait sans cesse, se disant qu'il était peut-être un mauvais missionnaire, moins bon que les autres qui avaient déjà baptisé tant d'Africains. Mais ça lui était passé.

Sa fille le regardait d'un air interrogateur.

– Baptiser, poursuivit-il embarrassé, baptiser les gens n'est peut-être pas aussi important que je l'ai toujours pensé. Ça vient tout seul, quand ça doit venir. Il y a des choses plus importantes dans la vie…

Impossible d'expliquer à Gertrud tout ce qu'Anima lui avait dit, la veille au soir, avec tant de légèreté et tant de sérieux en même temps : ce n'était pas lui qui décidait. Être un bon voisin, aller à la chasse avec les gens de Bujora quand les léopards et les serpents les menaçaient, enseigner aux enfants et aux adultes et les soigner, être présent quand le conseil du village avait besoin de lui, prêcher même peut-être, c'était là son rôle. Mais il ne pouvait pas faire plus. S'il croyait en Dieu, il devait se contenter de bien jouer le rôle qui lui était imparti.

Il fut soulagé que Gertrud ne lui pose pas d'autre question. Il esquissa un petit sourire embarrassé, mais ses yeux aussi souriaient.

– Je ferais mieux d'apprendre aux habitants de Bujora à fabriquer de bonnes briques, distiller une bonne eau-de-vie, à construire des maisons solides, plutôt que de vouloir à toute fin les baptiser. C'est ce que m'a dit Anima. Et elle a sûrement raison..

Il eut un rire gêné et regarda furtivement sa fille. Obnubilé par le souvenir de sa conversation avec cette femme, il avait oublié qu'il devait parler à Gertrud de la mort d'Eva.

Ils se turent. Que de sujets ils avaient abordés au cours de la nuit, avec Anima! Elle lui avait posé très peu de questions. Et lui, après un moment d'hésitation, avait parlé, avec des mots simples, de son enfance à la ferme et des doutes qu'il nourrissait secrètement: il s'était toujours demandé si lui, fils d'un modeste paysan, était à la hauteur d'une aussi lourde tâche que celle de convertir les païens en Afrique – et quand il était parti, elle avait caressé son visage de ses deux mains et lui avait dit simplement:

– Où peux-tu être mieux à ta place qu'à cet endroit?

Gertrud observa l'homme pensif qui lui montrait maintenant son profil. Le bord de son vieux chapeau lui cachait le front, il avait les deux mains sur les rames et scrutait la berge. Elle se dit que c'était un bel homme et elle en fut fière.

La berge était renforcée avec des pieux en bois enfoncés dans la terre, le long desquels étaient amarrés de petites barques, de grands voiliers, des cargos avec leur cargaisons de sacs, de noix de coco et de bananes vertes que l'on était en train de décharger. Les hommes qui transportaient les marchandises des bateaux aux entrepôts avaient retroussé les bords des sacs de toile et se les étaient mis sur le front et les épaules en guise de protection. Les comptoirs et les maisons étaient couverts de tôle ondulée, et de cet océan de toits rouillés surgissaient un peu partout des palmiers.

Debout dans son bateau qui avançait lentement, Ganse cherchait des yeux le drapeau britannique afin de demander au bureau du commandant où se trouvait l'hôpital. Goldschmitt lui avait dit qu'il était dans le port, qu'il ne pouvait pas le manquer. Mais il ne le voyait pas. Il décida donc de s'arrêter là. Il amarra son bateau au ponton.

Il prit son fusil, sa valise en osier et voulut aussi porter Gertrud, mais elle refusa, affirmant que maintenant elle pouvait marcher. Il l'aida à mettre pied à terre. Elle était encore un peu chancelante, mais elle lui donna la main et mit un pied devant l'autre. À chaque pas, elle retrouvait de l'assurance.

Ils marchèrent lentement et précautionneusement dans une rue animée. Des ânes chargés de charbon de bois et de sacs de grains, des vaches à grosse bosse et des troupeaux de chèvres cheminaient dans la poussière et les détritus le long des baraques en bois et des éventaires. Devant leurs échoppes ou derrière leurs étals, les marchands faisaient l'article en lorgnant ce Blanc barbu, accompagné d'une petite fille blonde, qui ne pouvait être qu'un bon client.

– Nous n'avons pas d'argent, cria Gertrud en swahili à un commerçant qui insistait lourdement.

Il rit, incrédule. Un Blanc sans argent, ça n'existait pas.

Sur une place, un magasin peint en vert attira leur attention. Un marchand indien se tenait sur le seuil. Ganse lui demanda où était l'hôpital.

Avec une révérence, l'homme leur proposa d'entrer s'asseoir. À l'intérieur d'un grand patio carrelé où il faisait agréablement frais, ils prirent place dans des fauteuils en osier.

L'Indien frappa dans ses mains et aussitôt un serviteur apparut avec des boissons fraîches. Si le bruit de la rue leur parvenait très atténué, en revanche les odeurs putrides et sucrées des ordures, des épices et des fruits s'insinuaient partout. Au plafond un ventilateur brassait l'air douceâtre.

L'Indien, qui s'était présenté sous le nom de Pronab, prit une boîte à cigares et en offrit à Friedrich Ganse.

– Excusez-moi. Nous cherchons l'hôpital. Ma fille est malade et je voudrais l'y emmener aujourd'hui même. Où se trouve-t-il?

L'Indien le regarda d'un air navré, en se balançant lentement dans son fauteuil à bascule.

– L'hôpital, dit-il avec un sourire songeur, vous voulez dire l'hôpital européen? Oui, eh bien cher monsieur, je suis au regret de vous dire qu'il a fermé il y a quelques jours. Les médecins et les infirmières sont partis pour la capitale, où a été transférée l'administration coloniale. Peut-être aussi n'y avait-il plus d'argent ou plus assez de malades, ou bien il y avait ailleurs des malades plus importants à leurs yeux, ou bien les guérisseurs africains s'avéraient plus efficaces. Il n'est pas toujours facile de comprendre les décisions des Anglais, cher monsieur! C'est bien regrettable. Bien regrettable!

Sans attendre de réponse, il frappa dans les mains et

ordonna que l'on prépare à manger. On avait des hôtes importants.

Ganse crut tout d'abord à une plaisanterie. Mais cet homme n'avait pas l'air de quelqu'un qui joue de mauvais tours aux étrangers. Que faire?

Le marchand indien se leva et lui tendit la main en disant qu'il serait très honoré de les héberger aussi longtemps qu'ils le voudraient. L'hôpital était fermé, mais ils n'avaient pas à s'inquiéter puisqu'ils étaient à l'abri et pouvaient disposer à leur guise de tout ce que, en toute humilité, il avait à leur offrir.

— Ma fille a surtout besoin d'un docteur, insista le missionnaire après avoir remercié l'Indien.

— Nous allons en trouver un, dit-il.

Il frappa de nouveau dans ses mains et donna un ordre en swahili à un serviteur.

— Il sera là d'un instant à l'autre, ne vous inquiétez pas, c'est un bon docteur. Mais, hélas, hélas, ce n'est pas un Européen. Et hélas, hélas, je n'y peux rien.

Il sourit de sa propre ironie.

Gertrud prit son repas seule. Elle refusa qu'on la fasse manger. L'Indien la divertissait avec un flot continu de paroles, d'histoires drôles où il était question de Blancs, d'Indiens et d'Africains. Tout à coup il s'interrompit et regarda Ganse:

— Ne seriez-vous pas par hasard le missionnaire qui est intervenu auprès des Anglais, à Kigoma, pour obtenir la libération d'un Noir? Une histoire de drapeau arraché. Et d'un nègre qui avait lancé aux Anglais quelques insolences bien senties...

Ganse était stupéfait.

– Oui, j'en ai parlé avec les Anglais, c'est exact. C'était le roi Usimbi qui me l'avait demandé. (Il toussota.) Mais je ne sais pas si ça a servi à quelque chose.

– Et comment! rétorqua l'Indien en se tapant sur la cuisse. Vous avez probablement sauvé la vie de cet impertinent. On ne parle que de ça tout le long du fleuve et vous n'êtes pas au courant…!

Le visage de Friedrich n'exprima ni satisfaction ni émotion aucune. Cette histoire remontait à une époque révolue. Il n'y avait même pas pensé une seule fois pendant son voyage de cinq jours sur le fleuve.

La conversation fut interrompue par l'arrivée d'un jeune homme portant une grosse mallette. Très maigre, il avait des gestes nerveux, presque tremblants. Il portait un costume tropical européen et un turban blanc qui tranchait sur sa peau brune. Pendant un moment, il fit quelques allées et venues dans le patio, puis d'une pichenette il jeta sa cigarette dans la rue et s'approcha en hâte de la table. D'un léger signe de tête, il montra la fillette.

– C'est elle?

Sans attendre la réponse, il s'agenouilla près de la chaise de Gertrud. Il attrapa le cordon qu'elle avait autour du cou, tira la patte de coq et l'examina longuement avant de la rejeter négligemment. Ensuite il lui prit le visage d'une main, souleva ses paupières et examina ses pupilles. Il marmonna quelque chose, fit lever la fillette, lui tapota les genoux, la fit rasseoir et sortit son stéthoscope. Il l'ausculta dans le dos et sur la poitrine, jeta l'instrument dans sa mallette, se leva et se remit à faire les cent pas à toute vitesse. Puis, sans s'adresser à quelqu'un en particulier:

– Elle a eu une grave infection, généralement mortelle, oui – la mort du coq ou quelque chose comme ça. Une maladie grave. Donnez-lui ceci, c'est un fortifiant. (Il fouilla dans sa poche et jeta sur la table un petit flacon rempli de pilules.) En tout cas, elle n'a plus besoin de moi maintenant.

Sans se préoccuper du maître de maison ni de Friedrich, il empoigna sa mallette, alluma une autre cigarette et s'en alla. Les deux hommes et Gertrud ne purent s'empêcher de rire lorsqu'il eut disparu.

– Il est toujours comme ça. Il a une attitude très britannique, il a fait ses études en Angleterre. Mais vous pouvez lui faire confiance, c'est le meilleur médecin de la ville.

Il faisait presque nuit. Gertrud, qui tombait de sommeil, s'endormit sur la nappe blanche. Ganse la prit dans ses bras et l'emporta vers la chambre d'amis que le serviteur lui avait montrée. Il s'endormit presque tout de suite, serré contre Gertrud.

Chapitre 16

Lorsqu'il se réveilla, il faisait jour et on entendait, atténué, le bruit de la rue. Il étendit la main vers Gertrud, mais, à côté de lui, le lit était vide. Quand il se leva, il se sentit courbatu, comme s'il avait été soumis à une séance de torture.

Dans la cour, il trouva un tonneau d'eau fraîche et se lava le visage, le torse et les bras. Le savon lui parut un bien précieux dont il avait été longtemps privé. Sous ses yeux, l'eau devint toute sale. Il passa ses mains mouillées dans ses cheveux hirsutes, les coiffant de son mieux avec ses doigts. Il fut tenté de se servir du rasoir accroché à la fenêtre, mais y renonça. Il traversa ensuite la maison pour aller vers les pièces situées du côté de la rue, à la recherche de sa fille et de leur hôte. Dans toutes les pièces, l'air était frais. Il se sentait bien.

Debout sur le pas de sa porte, les bras croisés, l'Indien regardait, dans la rue, un saltimbanque qui faisait un numéro avec un âne, un chien et un chat. Le chien avait sauté sur le dos de l'âne, mais le chat refusait catégoriquement de grimper sur le dos du chien. Le dompteur essaya de le raisonner en lui parlant, mais le chat se mit à feuler, bondit sur l'épaule de l'homme, fit le gros dos, sauta par terre pour manifester encore une fois son mépris à l'âne et au chien. L'homme tenta désespérément de l'obliger à monter sur le dos du chien. C'était peine perdue. Les Africains qui s'étaient attroupés autour de lui riaient et applaudissaient cet étrange numéro de dressage un peu raté.

Au milieu de la foule, dans les premiers rangs, Friedrich Ganse aperçut les cheveux blonds de sa fille, puis son visage rosi par l'enthousiasme.

– On dirait une mouette parmi des corneilles, dit l'Indien. Elle a pris son petit déjeuner avec moi. Toasts, œufs brouillés au lard, fromage, confiture anglaise et thé chaud. Un vrai petit déjeuner à l'anglaise. Nous avons eu une conversation très sérieuse, elle m'a expressément demandé de ne pas vous réveiller, disant que vous aviez passé des jours difficiles, que ça avait été très dur. C'est une singulière enfant que vous avez là, plus mûre que certains adultes ne le seront jamais. Peut-être est-ce la maladie qui fait cela, qui sait ? On dit que les enfants qui ont été malades deviennent très sérieux et comprennent bien plus de choses que nous ne l'imaginons. En tout cas, maintenant, elle est tout à fait guérie. Vous pouvez être tranquille.

L'âne commença à lancer des ruades, et les badauds reculèrent pour se mettre en sûreté. Le chat, qui, entre-temps, était monté sur le bord du toit, s'étirait au soleil. Le chien aussi semblait trouver ce numéro stupide. Peut-être avait-il été détourné de ses obligations par le croassement des perroquets qui, du haut des arbres, discutaillaient de cet événement. Oubliant son devoir, le chien sauta par terre, leva la patte à l'angle de la maison et disparut.

L'histoire de l'étrange voyage du missionnaire allemand Friedrich Ganse et de sa fille Gertrud ne s'est
peut-être pas déroulée tout à fait comme elle est
contée ici. Les lieux où se passe l'action sont également imaginaires, mais Bujora, Bukindo, Kigoma, le
lac Tanganika et les grands fleuves figurent sur toutes
les cartes de la Tanzanie.

Quelques-uns des événements se sont réellement
produits et quelques-uns des personnages ont vraiment existé. L'histoire d'Anna et de son père, qui faisait partie du cirque colonial et a disparu plus tard en
Russie, a été racontée à l'auteur par Anna elle-même.
Elle est retournée dans son village pour y vivre parmi
les siens.

Le roi Usimbi (ou Lusimbi) a existé lui aussi et a
dû en effet régler avec les Anglais le problème d'un
Noir qui avait insulté le drapeau britannique et devait
être condamné à mort.

Monsieur Goldschmitt s'appelait en fait Friedrich
Kirschstein. Il avait épousé une Africaine dont il avait
eu huit enfants qui portaient tous des prénoms allemands. On trouve dans le livre du duc de Mecklen-
bourg, *Ins Innerste Afrikas,* une photo du géologue
Friedrich Kirschstein. Adolf, son plus jeune fils, celui

qui dans le livre apporte à Ganse le bocal plein d'aspirine, vit aujourd'hui au bord du lac Victoria, à la lisière du parc du Serengeti; il est chasseur de gros gibier et a plus de trente enfants. Il ressemble beaucoup à son père allemand, quoiqu'il ait la peau un peu plus foncée. Sa mère africaine, Mme Kirschstein, a vécu plus de cent ans. Elle est morte dans les années 1980 en Zambie.